조심

조심

지은이_ 정민

1판 1쇄 발행_ 2014. 6. 9
1판 4쇄 발행_ 2014. 6. 29

발행처_ 김영사
발행인_ 박은주

등록번호_ 제406-2003-036호
등록일자_ 1979. 5. 17.

경기도 파주시 문발로 197(문발동) 우편번호 413-120
마케팅부 031) 955-3100, 편집부 031) 955-3250, 팩시밀리 031) 955-3111

값은 뒤표지에 있습니다.
ISBN 978-89-349-6811-5 03810

독자 의견 전화_ 031) 955-3200
홈페이지_ www.gimmyoung.com
이메일_ bestbook@gimmyoung.com

좋은 독자가 좋은 책을 만듭니다.
김영사는 독자 여러분의 의견에 항상 귀 기울이고 있습니다.

이 도서의 국립중앙도서관 출판시도서목록(CIP)은 서지정보유통지원시스템 홈페이지(http://seoji.nl.go.kr)와
국가자료공동목록시스템(http://www.nl.go.kr/kolisnet)에서 이용하실 수 있습니다.(CIP제어번호: 2014015172)

조심

조심하라, 마음을 놓친 허깨비 인생!

정민

김영사

'조심操心'은 마음을 잘 붙들어 내가 내 마음의 주인이 되라는 말이다. 마인드 콘트롤의 의미다. 지금은 바깥을 잘 살피라는 뜻으로 쓴다. 마음은 툭 하면 달아난다. 몸의 욕망에 충실한 사람들이 너무 많다. 고려 때 천책선사는 허깨비 몸이 허깨비 말을 타고 허깨비 길을 달리면서 허깨비 재주를 부리는 것을 득의의 삶으로 여기는 허깨비 세상의 허깨비 인생을 탄식했다.

팽팽 돌아가는 세상은 하루도 바람 잘 날이 없다. 덩달아 일희일비하다 보면 내 안에 나는 없고 세상으로 꽉 차버린다. 나를 잃으면 허우대만 멀쩡한 쭉정이 삶이다. 사람들은 마음을 돌보잖고 헛된 꿈을 향해 질주한다. 성취할수록 허탈하고 가진 것이 많아질수록 허망하다. 모든 것을 다 쥔대도 내가 없으면 아무것도 아니다.

옛글에 묻혀 지내다 보니 세상의 표정을 자주 옛 거울에 비춰본다. 복잡한 오늘의 삶이 던지는 물음의 대답을 옛날에서 찾을 수 있을까? 답답해 들춰보면 답은 늘 그 속에 다 있다. 그들의 말에 귀를 기울이고 내 말은 가급 줄였다. 입가에서 달그락거리던 언어도 덜어냈다.

  세상은 바뀐 것이 하나도 없고 사람들은 답을 모르지 않는다. 물질의 삶은 진보를 거듭했지만 내면의 삶은 그만큼 더 황폐해졌다. 김매지 않은 마음 밭의 뒤뜰에 쑥대만 무성하다.

  2012년에 펴낸 『일침』에 이어 4자성어로 쓴 1백 편의 글을 모았다. 1부는 몸가짐과 마음공부, 2부는 시비의 가늠, 3부는 세정과 속태, 4부는 거울과 등불이란 제목으로 묶었다. 소음의 언어보다 안으로 고이는 말씀이 필요한 시대다. 아!

2014년 5월
행당서실에서
정 민

시비의 가늠

2

세정과 속태

3

거울과 등불

4

조심

몸가짐과 마음공부

1

操心

지
유
조
심

달아나지 못하게 마음을 꽉 붙들어라

只有操心

이덕무李德懋(1741~1793)가 『이목구심서耳目口心書』에서 말했다.

사람이 한번 세상에 나면 부귀빈천을 떠나 뜻 같지 않은 일이 열에 여덟아홉이다. 한번 움직이고 멈출 때마다 제지함이 고슴도치 가시처럼 일어나, 조그만 몸뚱이 전후좌우에 얽히지 않음이 없다. 얽힌 것을 잘 운용하는 사람은 천 번 만 번 제지를 당해도 얽힌 것을 마음에 두지 않는다. 얽힌 것에 끌려다니지도 않는다. 때에 따라 굽히고 펴서 각각 꼭 알맞게 처리한다. 그리하면 얽힌 것에 다치지 않게 될 뿐 아니라 내 화기和氣를 손상시키지도 않아 저절로 순경順境

속에서 노닐게 된다. 저 머리 깎고 산에 드는 자 중에도 괴롭게 그 제지함을 견디지 못하는 경우가 많다. 피를 뽑아 불경을 베끼고 행각하며 쌀을 탁발함을 도리어 괴로워하며 못 견뎌 한다. 온몸이 온통 얽매여 부딪치는 곳마다 모두 제지하는 것뿐이다. 이는 조급하고 어지러운 것이 빌미가 된 것일 따름이다. 마치 원숭이가 전갈 떼에게 쏘일 경우 전갈을 잘 처리해 피하거나 없앨 꾀를 낼 줄은 모르고 괴로워하며 온통 긁기만 하는 것과 같다. 이리 긁고 저리 물어뜯으며 잠시도 참지를 못한다. 그럴수록 전갈은 더욱 독하게 쏘아댄다. 죽고 나서야 끝이 난다.

人旣一墮于地, 無論富貴貧賤, 不如意事, 十常八九. 一動一止, 掣者蝟興, 眇然之身, 前後左右, 無非肘也. 善運肘者, 雖千掣萬掣, 不置肘於心. 亦不爲肘所僕役. 時屆時申, 各極其宜, 則不惟不傷肘, 亦不損吾和氣, 可自然遊順境中耳. 彼祝髮入山者, 苦不耐其掣之多也. 然刺血鈔經, 行脚乞米, 反苦不勝. 渾身之肘, 觸處皆掣也, 是躁擾爲崇耳. 如胡孫爲群蝎所螫, 不知或避或除, 善計處蝎之方, 只煩惱騷屑, 左爬右嚼, 不少須臾耐了. 蝎螫愈肆, 斃而後已.

세상살이에 문제가 떠날 날이 없다. 정작 문제는 문제 그 자체가 아니라 문제가 무엇인지 모르는 것에 있다. 전갈에 쏘인 원숭이가 가려운 데를 긁느라 원인을 제거할 생각을 못하다 결국 죽어서야 끝을 낸다. 고슴도치 가시처럼 들고 일어나는 문제 속에 허우적대다가 몸과 마음을 상하고 인생을 망치는 것을 수없이 본다.

원나라 때 학자 허형許衡(1209~1281)이 말했다.

오만 가지 보양이 모두 다 거짓이니,
다만 마음 붙드는 것 이것이 중요하다.
萬般補養皆虛僞 只有操心是要規

　그렇다! 값비싼 보약과 진귀한 보양식은 내 삶을 든든히 붙들어주
는 지지대가 못 된다. 마음이 달아난 사람은 그날로 비천해진다. '지유
조심只有操心!' 다만 네 마음을 붙들어라. 조심은 두리번거리며 살피는
것이 아니라 내가 내 마음의 주인이 된다는 말이다. 마음을 놓아버려
외물이 그 자리를 차지해버리면 나는 그로부터 얼빠진 허깨비 인생이
된다. 문제에 질질 끌려다니며 문제만 일으키는 문제아가 된다. 조심
操心하라!

산사의 푸른 등불

|

山寺一燈

퇴계 선생이 비봉산飛峰山 월란암月瀾菴의 승려 응관應寬에게 써준
시다.

소년 시절 산사의 즐거움 가장 아끼느니
푸른 창 깊은 곳에 등불 하나 밝았었지.
평생의 허다한 그 모든 사업들이
이 한 등불 아래에서 발원하여 나왔다네.
最愛少年山寺樂 碧窓深處一燈明
平生許多事業盡 自此一燈下發源

삼동三冬의 산사에 푸른 등불 하나가 켜져 있고 창밖에는 계곡에서 몰려오는 바람 소리뿐이다. 이따금 제 무게를 못 견딘 고드름이 툭 소리를 내며 처마 밑으로 떨어진다. 소년은 눈 내리는 소리를 들으며 꼿꼿이 등을 곧추세워 낭랑한 소리로 경전을 읽고 또 읽었다. 이렇게 산사에서 삼동 공부를 마치고 내려오면 여드름투성이 소년의 가슴속에 뜨겁고 듬직한 생각들이 하나씩 자리를 잡고 있곤 했다.

집을 떠나 산사에서 한겨울을 나는 공부는 일종의 집중 학습이었다. 퇴계는 자식을 훈계하는 편지에서도 산사 독서의 중요성을 다음과 같이 강조했다.

집에 있으면 늘어져서 공부를 더욱 폐하게 된다. 뜻이 독실한 벗과 함께 빨리 책 상자를 지고 절로 올라가 부지런히 애써 독서하거라. 지금 부지런히 공부하지 않으면 세월은 쏜살같이 지나가고, 한번 가면 뒤쫓기가 어려운 법이니라.

在家悠悠, 尤爲廢學. 須速與篤志之友, 負笈上寺, 勤苦讀書. 今不勤做, 隙駟光陰, 一去難追.

권두경權斗經(1654~1725)도 승방僧房으로 공부하러 들어가는 자질子姪들에게 이 뜻으로 시 두 수를 써주었다.

소년 시절 산사에 등불 하나 깊었으니
도산 노인 면학하던 그 마음을 기억하라.
이룸 없이 나는 늙어 늦은 후회뿐이라

헛되이 좋은 시절 푸른 살적 내던졌네.
少年山寺一燈深 記取陶翁勉學心
老我無成空晚悔 虛拋靑鬢好光陰

승방에 나란한 책상 골짝은 깊었으니
책 속의 공부 일정 맘 다잡기 딱 좋아라.
늙마의 책 읽기는 새는 그릇 한가지라
청춘 시절 진중하게 시간을 아껴 쓰라.
僧房聯榻洞天深 卷裏工程好攝心
遲暮看書如漏器 靑春珍重惜分陰

　청춘의 공부는 보석같이 빛난다. 눈빛은 맑고 머리는 얼음같이 찬데 가슴은 뜨겁다. 이제 곧 수능이다. 그간 갈고 닦은 공부가 반짝반짝 빛나기를.

착슬독서

두 무릎을 딱 붙이고 독서하라

|

著膝讀書

퇴계 선생이 산사일등山寺一燈을 아꼈다면 이상정李象靖(1711~1781)은 착슬독서著膝讀書를 강조했다. 저著는 착으로 읽으면 딱 붙인다는 뜻이다. 착슬독서란 무릎을 방바닥에 딱 붙이고 엉덩이를 묵직하게 가라앉혀 읽는 독서를 말한다. 아들에게 보낸 편지에서 이렇게 썼다.

모름지기 시간을 아껴 무릎을 딱 붙이고 글을 읽도록 해라. 의문이 나거든 선배에게 물어 완전히 이해하고 입에 붙도록 해서 가슴속에 흐르게끔 해야 힘 얻을 곳이 있게 된다. 절대로 대충 대충 지나치면서 책 읽었다는 이름만 얻으려 해서는 안 된다.

須惜取光陰, 著膝讀書. 有疑則問諸先進, 使通透爛熟, 流轉胸中, 方有得力處. 切不可草草揭過, 浪得讀書之名也.

또 다른 편지에서도 "모름지기 마음을 누르고 뜻을 안정시켜 착슬 독서 해야만 조금이라도 힘을 얻게 될 것이다. 그저 유유히 날이나 보 낸다면 읽어도 읽지 않느니만 못하다"고 했다.

이재李栽(1657~1730)는 과거에 낙방하고 상심해 있는 손행원孫行遠에 게 부친 편지에서 이렇게 말했다.

합격 소식이 끝내 적막하니 탄식할 만하다. 독서하지 않고 과거 급제의 이름을 바라는 것은 연목구어緣木求魚와 다를 게 없다. 네 나 이 이제 서른이니 아직 늦지 않았다. 이제부터 다시 시작하거라. 12 경사經史를 숙독해서 무릎을 딱 붙이고 배고픔을 참아[著膝忍飢] 익숙 해질 때까지 읽어라.

榜聲終寂可歎. 不讀書冀科名, 實無異於緣木求魚. 年幾三十, 訖可懲 矣. 自今爲始. 熟讀一二經史, 著膝忍飢, 以爛熟爲度.

조종경趙宗敬(1495~1535)도 「우음우음偶吟」이란 시에서 다음과 같이 노래 했다.

긴 세월 무릎 붙여 책상 절로 구멍 나니
공부가 그제서야 찰찰함을 깨닫겠네.
著膝長年榻自穿 工夫頓覺始涓涓

역시 착슬독서의 중요성을 강조했다. 시 중에 책상에 구멍이 났다는 말은 후한後漢의 고사高士 관영管寧이 요동 땅에 숨어 살며 50년간 나무 걸상 하나로 공부하자 나중에는 걸상에 무릎 닿는 부분이 깊숙이 패여 구멍이 났다는 고사다.

송나라 때 학자 양시楊時가 호전胡銓과 만나 "내가 이 팔꿈치를 책상에서 떼지 않은 것이 30년이오. 그런 뒤에야 도에 진전이 있더군요"라고 했다. 이것은 '팔꿈치가 책상에서 떨어지지 않았다〔肘不離案〕'는 또 다른 고사다. 자고로 공부는 엉덩이가 무거워야 하는 법이다. 사람이 노력은 않고 운 탓만 한다.

석복수행

다 누리려 들지 말고 아껴서 남겨두라

|

惜福修行

이덕무의 『입연기入燕記』에 각로閣老 부항傅恒이 죽자 그 아들 부융안傅隆安이 석복惜福을 하려고 집안의 엄청난 보물을 팔았는데, 그 값이 은 80만 냥이었다는 얘기가 나온다. 석복은 더 넘칠 수 없는 사치의 극에서 그것을 덜어냄으로써 적어도 그만큼 자신의 복을 남겨 아껴두려는 행위였다.

송나라 여혜경呂惠卿이 항주杭州 절도사로 있을 때 일이다. 대통선사大通禪師 선본善本을 찾아가 가르침을 청했다. 선사가 말했다. "나는 그대에게 출가해서 불법을 배우라고 권하지는 않겠다. 단지 복을 아끼는 수행을 하라고 권하겠다〔我不勸你出家學佛, 只勸你惜福修行〕." 석복수행惜福

修行! 즉 복을 아끼는 수행이란 현재 누리고 있는 복을 소중히 여겨 더욱 낮추어 검소하게 생활하는 태도를 말한다.

여기에는 단단한 각오와 연습이 필요하다. 구체적 지침을 몇 가지 들어본다. 송나라 때 승상 장상영張商英이 말했다.

> 일은 끝장을 보아서는 안 되고,
> 세력은 온전히 기대면 곤란하다.
> 말은 다 해서는 안 되고,
> 복은 끝까지 누리면 못쓴다.
> 事不可使盡, 勢不可倚盡. 言不可道盡, 福不可享盡.

『공여일록公餘日錄』에 나온다. 송나라 때 진단陳搏도 『사우재총설四友齋叢說』에서 말했다.

> 마음에 드는 곳은 오래 마음에 두지 말고,
> 뜻에 맞는 장소는 두 번 가지 말라.
> 優好之所勿久戀, 得志之地勿再往.

비슷한 취지다. 한껏 다 누려 끝장을 보려 들지 말고 한 자락 여운을 아껴 남겨두라는 뜻이다.

명나라 진계유陳繼儒의 말은 이렇다.

> 나는 본래 박복薄福한 사람이니

마땅히 후덕厚德한 일을 행해야 하리.
나는 본시 박덕薄德한 사람이라
의당 석복惜福의 일을 행해야겠다.
吾本薄福人, 宜行厚德事. 吾本薄德人, 宜行惜福事

『미공십부집眉公十部集』에 나온다.

일은 통쾌할 때 그만두어야 한다. 그래야 인생이 적막함을 면할
수 있을 뿐 아니라 조화를 능히 부릴 수 있다. 말은 뜻에 찰 때 멈추
어야 한다. 몸을 마치도록 허물과 후회가 적을 뿐더러 취미가 무궁
함을 느낄 수 있다.
事當快意處能轉. 不特此生可免寂寥. 且能駕馭造化. 言當快意處能
住. 不特終身自少尤悔. 且覺趣味無窮.

『소창청기小窓淸記』의 말이다. 끝장을 보아야 직성이 풀리는 세상에
서, 멈추고 덜어내는 석복의 뜻이 깊다.

작은 지식 버리고 큰 지혜에 노닌다

間間閑閑

매일 말의 성찬盛饌 속에 살아간다. 쉴 새 없이 떠들어대는 언어에는
실속이 없다. 사람들은 그저 있기 불안해 자꾸 떠든다. 약속하고 장담
하며 허세를 부린다. 아무 문제없다고, 끄떡없으니 나만 믿으라고 큰
소리친다. 정작 문제가 생겼을 때 그는 어느 틈에 숨고 없다. 아니면
그럴 줄 몰랐다고 남 탓만 하고 운수에 허물을 돌린다. 끝내 반성하지
않는다.

허목許穆(1595~1682)은 「기언서記言序」에서 이렇게 말했다.

경계할진저. 말을 많이 하지 말고, 일을 많이 벌이지 말라. 말이 많으면 실패가 많고, 일이 많으면 손해가 많다. 안락을 경계하고 후회할 일은 행하지 말라. 문제없다고 말하지 말라. 그 화가 오래 가리라. 괜찮다고 하지 말라. 그 재앙이 길고 크리라. 못 듣는다고 말하지 말라. 귀신이 사람을 엿보고 있다.

戒之哉. 毋多言, 毋多事. 多言多敗, 多事多害. 安樂必戒, 毋行所悔. 勿謂何傷, 其禍將長. 勿謂何害, 其禍長大. 勿謂不聞, 神將伺人.

명나라 육소형陸紹珩은 『취고당검소醉古堂劍掃』에서 또 이렇게 말했다.

말을 적게 함이 귀貴에 해당하고,
저술을 많이 함은 부富에 해당한다.
맑고 밝음을 지님이 수레에 해당하고,
좋은 글을 곱씹는 것은 고기에 해당한다.
少言語以當貴, 多著述以當富. 載淸明以當車, 咀英華以當肉.

귀하게 되고 싶은가? 말수를 먼저 줄여라. 부자로 살고 싶은가? 저술 풍부한 것이 바로 부자다. 좋은 수레를 자랑하는 대신 마음을 맑고 밝게 지니는 것은 어떤가? 병을 부르는 고기로 배불리지 말고 아름다운 글을 읽어 되새기는 것이 더 낫지 않을까? 그는 또 말한다.

한 발짝 헛디디면 천고의 한이 되고
다시 고개 돌리니 백 년 사는 인생일세.
一失脚爲千古恨 再回頭是百年人

길어야 백 년 인생이 도처에서 실족해서 천고의 한만 길게 남긴다. 돌이켜보면 그때 내가 왜 그랬나 싶은데 수습하기엔 너무 늦었다. 탐욕 탓이다.

장자莊子는 「제물편齊物篇」에서 이렇게 말한다.

> 큰 지혜는 툭 터져 시원스럽고
> 작은 앎은 사소하게 따지기나 좋아한다.
> 큰 말씀은 기세가 대단해도
> 잔단 말은 공연히 수다스럽다.
> 大知閑閑, 小知間間. 大言炎炎, 小言詹詹.

간간間間한 작은 지식을 버리고 한한閑閑한 큰 지혜 속에 노닐고 싶다. 염염炎炎한 큰 말씀에 귀 기울이고, 첨첨詹詹한 잔단 말을 내버려야지.

몽환포영

잡으려면 문득 없고 있다 없다 하는 것

|

夢幻泡影

남공철南公轍(1760~1840)의 「진락선생묘지명眞樂先生墓誌銘」은 처사 남유두南有斗의 일생을 기록한 글이다. 그는 평생 곤궁했지만 자족의 삶을 살았다. 쌀독이 비었다고 처자식이 푸념하면 "편하게 생각하라"고 말했다. 젊어서는 시로 이름이 높았다. 나이 들자 시도 짓지 않으면서 "나는 말을 잊고자 한다"고 했다. 경전에 침잠해 침식을 잊었고, 시무책時務策을 지으면 경륜이 높았다. 대제학 조관빈趙觀彬과 정승 유척기俞拓基가 그를 천거해 벼슬을 내리려 해도 듣지 않았다. 정승 유언호俞彦鎬가 당대의 급선무를 묻자 돌아온 대답이 "독서를 더 하고 나서 물으시오"였다.

그는 자신의 허리띠에 "의롭지 못하면서 부귀한 것은 내게는 뜬구름 같다〔不義而富且貴, 於我如浮雲〕"와 "아침에 도를 들으면 저녁에 죽어도 좋다〔朝聞道, 夕死可矣〕"는 공자의 말씀을 적어두고 후배들에게 읊어주곤 했다. 병이 위중해 세상을 뜨는 순간에도 낮은 목소리로 이 말을 되뇌다가 세상을 떴다. 남공철은 그에게 진락선생眞樂先生이란 시호를 사사로이 올렸다.

삶의 참된 기쁨은 어디서 오는가? 『금강반야바라밀경金剛般若波羅密經』끝부분에 「사여게四如偈」란 것이 있다.

> 일체의 유위법有爲法은
> 몽환이요 거품 그림자.
> 이슬 같고 번개 같나니
> 이리 봐야 마땅하리.
> 一切有爲法 如夢幻泡影
> 如露亦如電 應作如是觀

꿈은 깨면 그만이다. 환幻은 분명히 있었는데 잡으려면 없다. 거품은 잠깐 만에 스러지고, 그림자는 해에 따라 있다 없다 한다. 이슬은 금세 마르고 번개는 순식간에 사라진다. 우리가 가장 소중하다고 믿는 재물이니 권세니 하는 것들이 저 몽환포영夢幻泡影에 지나지 않는다. 그러니 유위와 작위의 길을 버려 자연을 따라 무위의 삶을 살라는 가르침이다.

수천 억을 꿀꺽해놓고 돈이 없다며 끝까지 국민을 우롱하는 전직 대통령 일가, 세 번씩이나 뇌물 혐의로 검찰 조사를 받아 구속까지 되고도 할 말 많은 표정의 전직 국세청장, 나랏일 한다며 제 잇속 챙기기 바빴던 원전 비리 당사자들, 교회 돈을 제 주머닛돈 쓰듯 하고도 반성할 줄 모르는 종교 지도자 집안. 그들이 꼭 쥐고 절대 놓지 않으려 한 것은 뜬구름이다. 꿈이요 허깨비며 거품이요 그림자일 뿐이다. 깨달음은 항상 한 걸음 늦게 도착한다.

지만계영

차면 덜어내고 가득 참을 경계하라

|

持滿戒盈

　공자께서 노나라 환공桓公의 사당을 구경했다. 사당 안에 의기欹器, 즉 한쪽으로 비스듬히 기운 그릇이 놓여 있었다. 묘지기에게 물었다. "이건 무슨 그릇인가?" "자리 곁에 놓아두었던 그릇〔宥坐之器〕입니다. 비면 기울고, 중간쯤 차면 바르게 서고, 가득 차면 엎어집니다. 이것으로 경계를 삼으셨습니다." "그렇구려." 제자에게 물을 붓게 하니 과연 그 말과 꼭 같았다. 공자께서 탄식하셨다. "아! 가득 차고도 엎어지지 않을 물건이 어디 있겠느냐?"

　제자 자로子路가 물었다. "지만持滿, 즉 가득 참을 유지하는 데 방법이 있습니까?" "따라내어 덜면 된다." "더는 방법은요?" "높아지면 내려오고 가득 차면 비우며 부유하면 검약하고 귀해지면 낮추는 것이지. 지혜로워도 어리석은 듯이 굴고, 용감하나 겁먹은 듯이 한다. 말을 잘 해도 어눌한 듯하고, 많이 알더라도 조금밖에 모르는 듯이 해야지. 이를 두고 덜어내어 끝까지 가지 않는다고 말한다. 이 방법을 행할 수 있는 것은 지덕至德을 갖춘 사람뿐이다."

지만계영持滿戒盈! 가득 찬 상태를 유지하고 싶은가[持滿]? 넘치는 것을 경계하라[戒盈]. 더 채우려 들지 말고 더 덜어내라. 의기欹器에 관한 얘기는『순자荀子』「유좌宥坐」편에 처음 보인다. 한영韓嬰의『한시외전韓詩外傳』에도 나온다. 이 그릇의 실체를 두고 역대로 많은 학설이 있었다. 그릇을 복원하려는 시도도 계속 되었다. 원래 이 그릇은 농사에 쓰는 관개용灌漑用 도구였다. 약간 비스듬하게 앞쪽으로 기울어 물을 받기 좋게 되어 있다. 물을 받아 묵직해지면 기울었던 그릇이 똑바로 선다. 그러다가 물이 그릇에 가득 차면 홀랑 뒤집어지면서 받았던 물을 반대편으로 쏟아낸다. 마치 물레방아의 원리와 비슷하다.

환공은 이 그릇을 좌우座右에 두고 그것이 주는 교훈을 곱씹었다. 고개를 숙여 받을 준비를 하고, 알맞게 받으면 똑바로 섰다가, 정도에 넘치면 엎어진다. 바로 여기서 중도에 맞게 똑바로 서서 바른 판단을 내리라는 상징을 읽었다. 가득 차 엎어지기 직전인데도 사람들은 욕심 사납게 퍼 담기만 한다. 그러다가 한순간에 뒤집어져 몰락한다. 가득 참을 경계하라. 차면 덜어내라.

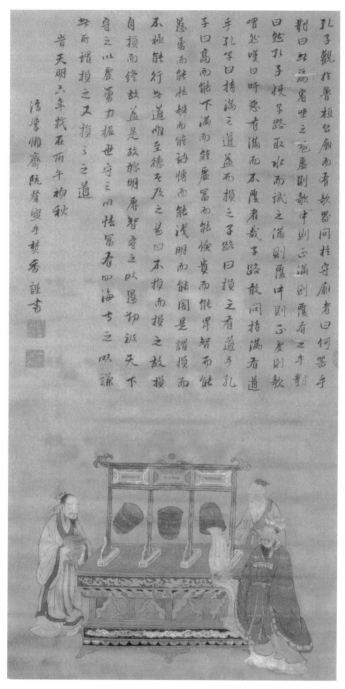

청나라 나재懶齋 완찬阮燦, 〈공자께서 의기를 구경하는 그림[孔子觀欹器圖]〉, 한림대학교 박물관 소장

이
매
망
량

조화를 잃지 않아 밝음을 유지하라

魑魅魍魎

이매망량魑魅魍魎은 우리말로 두억시니 또는 도깨비의 지칭이다. 정도전은 「사이매문謝魑魅文」에서 이매망량을 "음허陰虛의 기운과 목석木石의 정기가 변화해서 된 사람도 아니고 귀신도 아니며 이승과 저승 어디에도 속하지 않는 존재"로 보았다. 이매망량은 음습한 곳에 숨어 있다가 사람을 홀려서 비정상적 행동을 하게 만든다. 『사기史記』 「오제본기五帝本紀」의 풀이에는 "이매魑魅는 사람 얼굴에 짐승의 몸뚱이로 발이 네 개다. 사람을 잘 홀린다(魑魅人面兽身四足, 好惑人)"고 했다. 『산해경』에는 "강산剛山에는 귀신이 많다. 그 모습은 사람 얼굴에 짐승의 몸뚱이를 했고 다리가 하나 손도 하나다. 소리는 웅웅거리는데 산림의 이상한 기운이 만들어내는 것이다. 사람을 해치는 것은 목석이 변해서 된 요괴다"고 했다. 그러니까 이매는 도깨비 중에서도 사람 얼굴에 짐승의 몸뚱이를 하고 팔다리가 하나씩인 채 사람을 꼬이는 존재다.

망량魍魎은 어떤가? 명나라 진계유陳繼儒의 『진주선眞珠船』에서 뜻밖의 설명과 만났다.

> 신神이 밝지 않은 것을 일러 망魍이라 하고
> 정精이 밝지 않은 것을 일러 량魎이라 한다.
> 神不明謂之魍, 精不明謂之魎.

신명이 흐려져 오락가락 하면 망魍이고, 정기가 흩어져 왔다 갔다 하면 량魎이다. 보통 노인네가 망령이 났다고 할 때 망령은 망령妄靈이 아니라 망량의 발음이 와전된 것으로 보인다. 망량이 마음 안에 숨어 있다가 정신의 빈틈을 타서 존재를 드러낸다고 믿은 사람은 망량이 났다고 하고, 바깥에서 호시탐탐 기회를 엿보다가 주인의 자리를 밀치고 들어온다고 보면 망량이 들었다고 한다. 일단 망량이 들거나 나면 그것의 부림을 당한다. 이것을 망량을 부린다고 표현했다. 망량이 사람의 정신을 부리는 것이지 내가 망량을 부리는 것은 아니다.

정신 줄을 놓아 망량이 들거나 나면 멀쩡하던 사람의 판단이 흐려지고 말과 행동이 이상해진다. 사람이 갑자기 비정상이 되는 것은 도깨비의 장난이다. 망량이 내게 들어오거나 나오게 해서는 안 되고, 망량이 나를 제멋대로 부리게 해서는 더더욱 안 된다. 그러자면 기운의 조화로 '밝음'의 상태를 유지하는 것이 관건이다. 욕심과 탐욕이 끼어들면 밝음은 어둠으로 변한다. 어두운 정신은 이매망량의 놀이터다.

다
소
지
분

많아야 할 일과 적어야만 될 일

|

多少之分

술은 적게 마시고 죽은 많이 먹어라.

야채를 많이 먹고 고기는 적게 먹어라.

입은 적게 열고 눈은 많이 감아라.

머리는 자주 빗고 목욕은 적게 하라.

여럿이 지냄은 적게 하고 홀로 자는 것을 많이 하라.

책은 많이 읽고 재물은 적게 쌓아두라.

명예는 적게 취하고 욕됨은 많이 참아라.

착한 일은 많이 행하고 높은 지위는 적게 구하라.

마음에 드는 곳은 다시 가지 말고

좋은 일은 없음만 못한 듯이 여겨라.

少飲酒, 多啜粥; 多茹菜, 少食肉; 少開口, 多閉目;

多梳頭, 少洗浴; 少群居, 多獨宿; 多收書, 少積玉;

少取名, 多忍辱; 多行善, 少干祿; 便宜勿再往, 好事不如無.

작가를 알 수 없는 명나라 사람의 「다소잠多少箴」이다. 『암서유사岩栖幽事』란 책에 나온다. 짧은 글 속에 깊은 생각을 담았다. 술을 많이 마셔 정신을 흐리고 속을 버린다. 고기만 잔뜩 먹으니 피가 맑지 않아 각종 성인병의 원인이 된다. 육신의 질병은 약으로 고칠 수가 있다. 하지만 못된 버릇은 약이 없다. 때와 장소를 못 가리고 잘 알지도 못하면서 마구 떠든다. 사람이 광망狂妄해진다. 차라리 눈을 감아 정기를 길러라. 빗질을 자주 하면 두피 마사지도 되고 머리도 맑아진다. 하지만 너무 잦은 목욕은 몸에서 기운을 뺀다. 무리 지어 지내면 기가 허해진다. 홀로 거처하며 정신을 간직해라. 책보다 옥을 귀하게 여기면 그 사람이 천하다. 공연히 저를 알아달라고 나부대지 말고, 욕됨을 묵묵히 참아야 대장부다. 하나라도 더 가지려는 탐욕 대신 베풀고 나누는 마음을 깃들여라.

개인적으로는 끝 구절이 마음에 와 닿는다. 정말 기억에 남는 곳은 두 번 가지 말라. 간직해둔 좋은 기억이 무색해진다. 좋은 일은 그저 없음만 못하려니 생각하는 태도가 옳다. 사람은 많고 적음을 잘 가려야 한다. 많이 할 것을 많이 하고, 적게 할 것을 적게 하면 양생養生의 마련이 굳이 필요 없다. 사람들이 반대로 하니 늘 문제다. 고기 안주에 술을 잔뜩 마시고, 쉴 새 없이 떠들며 떼거리 지어 몰려다닌다. 재물

모을 궁리만 하고 마음의 양식 쌓는 일에는 등한하다. 남이 저 알아주기만 바라고 작은 모욕에도 파르르 떤다. 뭐 생기는 것 없나 기웃댈 뿐 베풀 생각은 눈곱만큼도 없다. 조그만 성취에도 교만이 하늘을 찌른다. 결국 그것으로 제 몸을 망치고 집안을 무너뜨린다. 아! 슬프다.

노다정산

수고가 많아지면 정기가 흩어진다

｜

勞多精散

명나라 왕상진王象晉(1561~1653)이 편집한 『일성격언록日省格言錄』을
펼쳐 읽는데, 다음 구절에 눈이 멎는다.

눈은 육신의 거울이다. 귀는 몸의 창문이다. 많이 보면 거울은 흐
려지고, 많이 들으면 창문이 막히고 만다. 얼굴은 정신의 뜨락이다.
머리카락은 뇌의 꽃이다. 마음이 슬퍼지면 얼굴이 초췌해지고, 뇌가
감소하면 머리카락이 희어진다. 정기精氣는 몸의 정신이다. 밝음은
몸의 보배다. 노고가 많으면 정기가 흩어지고〔勞多精散〕, 애를 쏟으면
밝음이 사라진다.

眼者身之鏡, 耳者體之牖. 視多則鏡昏, 聽衆則牖閉. 面者神之庭, 髮者腦之華. 心悲則面焦, 腦減則髮素. 精者體之神, 明者身之寶. 勞多則精散, 營竟則明消.

눈은 많이 쓰면 흐려지고 귀를 혹사하면 소리가 안 들린다. 흐려진 거울을 닦고 막힌 창문을 열려면 자주 눈을 감고 귀를 닫아야 한다. 얼굴은 정신의 뜨락이라고 했다. 표정만 봐도 그 사람의 내면이 다 보인다. 슬픔은 낯빛을 초췌하게 만들고 기쁨은 얼굴빛을 환하게 해준다. 머리카락은 두뇌에 뿌리를 두고 두피로 솟아나온 꽃이다. 젊을 때는 검고 윤기 나다가 늙어 뇌의 영양 공급이 제대로 안 되면 머리카락도 따라서 하얘진다. 정기는 몸을 지키는 신명이다. 현명함은 몸을 붙드는 보물이다. 몸을 너무 혹사하면 정기가 흩어져 넋 나간 사람이 된다. 무얼 이루려고 과도하게 애를 쓰면 내 안의 밝음이 사라져 보물이 간데 없다. 어찌해야 할까? 답은 이렇다.

말을 적게 해서 내기內氣를 기르고, 색욕을 줄여서 정기를 길러라. 자미滋味를 박하게 해서 혈기를 기르고, 침을 삼켜서 장기臟氣를 길러라. 성냄을 경계하여 간기肝氣를 기르고, 음식을 좋게 해서 위기胃氣를 기르며, 생각을 적게 해서 심기心氣를 길러라.
少言語以養內氣, 寡色慾以養精氣. 薄滋味以養血氣, 嚥津液以養臟氣. 戒嗔怒以養肝氣, 美飮食以養胃氣, 少思慮以養心氣.

말이 많으면 기운이 흩어진다. 색욕에 빠지면 정기가 녹는다. 재미

에 탐닉하면 혈기가 동한다. 고인 침을 삼켜야 장의 기운이 활발해진
다. 자주 성을 내니 간을 상한다. 음식 조절을 잘 해야 위장에 무리가
없다. 쓸데없는 생각을 줄일 때 안에 기운이 쌓인다. 적게 하고 줄여야
한다고 그렇게 가르쳐도, 세상은 더 갖고 다 가지려고만 한다. 모든 문
제가 여기서 생긴다.

수이불실

싸가지는 있어야 하고 싹수는 노라면 안 된다

|

秀而不實

모를 심어 싹이 웃자라면 이윽고 이삭 대가 올라와 눈을 내고 꽃을 피운다. 그 이삭이 양분을 받아 알곡으로 채워져 고개를 수그릴 때 추수의 보람이 있다. 처음 올라오는 이삭 대 중에는 아예 싹의 모가지조차 내지 못하는 것이 있고, 대를 올려도 끝이 노랗게 되어 종내 결실을 맺지 못하는 것도 있다. 이런 것은 농부의 손길에 솎아져서 뽑히고 만다. 싹의 모가지가 싹아지, 즉 싸가지다. 이삭 대의 이삭 패는 자리가 싹수〔穗〕다. 싸가지는 있어야 하고, 싹수가 노래서는 안 되는 이유다. 사람도 마찬가지다.

공자는 『논어』 「자한子罕」에서 이렇게 말했다.

싹만 트고 꽃이 피지 않는 것이 있고,
꽃은 피었어도 결실을 맺지 못하는 것이 있다.
苗而不秀者有矣夫, 秀而不實者有矣夫!

묘이불수苗而不秀는 싸가지가 없다는 말이다. 수이불실秀而不實은 싹
수가 노랗다는 뜻이다. 싹이 파릇해 기대했는데 대를 올려 꽃을 못 피
우거나, 꽃핀 것을 보고 알곡을 바랐지만 결실 없는 쭉정이가 되고 말
았다는 얘기다. 결과는 같다.

모판에서 옮겨져 모심기를 할 때는 모두가 푸릇한 청춘이었다. 들판
의 꿈은 푸르고 농부의 기대도 컸다. 애초에 싸가지가 없어 솎아지는
것은 어쩔 수 없다. 고만고만한 중에 싹수가 쭉쭉 올라오면 눈길을 끌
지만 웃자라 양분을 제대로 못 받고 병충해를 입고 나면 그저 뽑히고
만다. 탐스런 결실을 기대했는데 참 애석하다.

한나라 때 양웅揚雄의 아들 자오子烏는 나이 아홉 살에 어렵기로 소
문난 아버지의 책 『태현경太玄經』의 저술 작업을 곁에서 도왔다. 두보
의 아들 종무宗武도 시를 잘 써서 완병조阮兵曹가 칭찬한 글이 남아 있
다. 중추中樞 벼슬을 지낸 곽희태郭希泰는 다섯 살에 『이소경離騷經』을
다섯 번 읽고 다 외웠다는 전설적인 천재. 권민權愍은 그 난해한 「우
공禹貢」을 배운 즉시 책을 덮고 다 암송했다. 하지만 이들은 후세에 아
무 전하는 것이 없다.

천재가 꾸준한 노력을 못 이긴다. 대기만성大器晚成이 맞는 얘기다.
네 시작은 미약하였으되 네 끝은 창대하리라. 이것은 성경의 말씀이
다. 시작만 잔뜩 요란하다가 용두사미龍頭蛇尾로 흔적 없이 사라지는

것들이 더 많다. 재주를 못 이겨 제풀에 고꾸라진다. 꾸준함이 재주를
이긴다. 노력 앞에 장사가 없다.

나를 간수하는 것이 급선무다

是我非我

이만영李晚榮(1604~1672)이 사신 갔다가 중국 화가 호병胡炳에게 초상화를 그려 왔다. 꼭 닮은 모습에 사람들이 감탄했고 자신도 흡족했다. 18년 뒤 예전 초상화를 꺼내 거울 속의 내 모습과 견줘보니 조금도 같은 구석이 없었다. 거울 속의 나도 분명히 나이고 그림 속의 나도 틀림없는 나인데 두 나는 전혀 달랐다. 그는 느낌이 있어 초상화 속의 나를 위해「화상찬병서畵像贊幷序」를 썼다.

그대가 지금의 나란 말인가? 내가 그래도 젊었네그려. 내가 예전의 자네였던가? 나 홀로 늙고 말았군그래. 18년 자네가 내 참모습인 줄 몰랐으니, 수십 년 뒤에야 누가 내 모습이 자네인 줄 알겠나? 다만 마땅히 각자 신체발부身體髮膚를 잘 지켜 남에게 더럽힘이나 당하지 마세나. 명산에 간직할 테니 자네는 자네의 장소를 얻으시게. 나는 몸을 삼가 세상을 살아가겠네. 내 어찌 자네를 부러워하리?

　爾今我歟我尙少. 我昔爾歟我獨老. 十八年間, 我不知爾之爲我眞, 後數十年, 誰知我之影是爾身. 惟當各保身體髮膚, 毋忝爲人而已. 藏之名山, 爾得爾所. 敬身行世, 吾何羨乎汝.

이렇게 해서 그림 속의 나와 거울 속의 나는 겨우 화해를 했다.
　추사 김정희도 「자제소조自題小照」, 즉 자기 초상화에 쓴 글에서 이렇게 적었다.

　　여기 있는 나도 나요
　　그림 속의 나도 나다.
　　여기 있는 나도 좋고
　　그림 속의 나도 좋다.
　　이 나와 저 나 사이
　　진정한 나는 없네.
　　조화 구슬 겹겹인데
　　그 뉘라 큰 마니 구슬 속에서 실상을 잡아낼까?
　　하하하.
　　是我亦我. 非我亦我. 是我亦可, 非我亦可.
　　是非之間, 無以爲我. 帝珠重重, 誰能執相於大摩尼中.

呵呵!

둘 다 분명 나는 나인데, 어느 나도 진짜 나는 아니니, 그렇다면 나는 어디 있느냐는 얘기다.

노산 이은상의 시조 「자화상」 세 수가 또 있다.

너를 나라 하니 내가 그래 너란 말가
네가 나라면 나는 그럼 어디 있나
나 아닌 너를 데리고 나인 줄만 여겼다.

내가 참이라면 너는 분명 거짓 것이
네가 참이라면 내가 도로 거짓 것이
어느 게 참이요 거짓인지 분간하지 못할네

내가 없었던면 너는 본시 없으련만
나는 없어져도 너는 혹시 남을런가
저 뒷날 너를 나로만 속아볼 게 우습다

나는 나인가? 내가 맞는가? 그림 속의 나는 그대로인데, 현실의 나는 매일 변한다. 변치 않는 나와 늘 변하는 나 중에 어느 나가 진정한 나인가? '너'나 '그'가 아닌 '나'가 늘 문제다. 내게서 내가 달아나지 않도록 나를 잘 간수하는 것이 급선무다.

추사 김정희, 「자제소조自題小照」, 선문대학교 박물관 소장

오괴오합

섬광 같은 한 순간을 기다리고 또 기다린다

|

五乖五合

조희룡趙熙龍(1789~1866)이 『한와헌제화잡존漢瓦軒題畫雜存』에 쓴 짧은
글이다.

어제도 할 수 없고 오늘도 할 수 없었습니다. 삼가 마음이 열리는
길한 날을 가려 선생의 축수를 위해 바칠까 합니다. 난 하나 바위
하나 그리기가 별 따기보다 어렵군요. 참담하게 애를 써보았으나 허
망함을 느낍니다. 비록 아직 못 그리긴 했지만 그린 것과 다름없습
니다.

昨日不可, 今日不可. 謹擇開心吉日, 擬爲先生壽供. 一蘭一石, 難於摘星. 慘憺經營, 從覺索然. 雖未畫, 猶畫耳.

　부탁받은 그림을 그리긴 해야겠는데, 붓이 뜻대로 움직여주지 않는다는 얘기다. 서화가의 그림이나 글씨가 붓과 종이만 주면 공장에게 물건 찍듯 나오는 줄 알면 오산이다.

　당나라 때 서예가 손과정孫過庭은 『서보書譜』에서 글씨가 뜻대로 될 때와 뜻 같지 않을 때를 다섯 가지씩 논한 오괴오합五乖五合의 논의를 남겼다.

　먼저 오괴五乖다. 첫째, 심거체류心遽體留다. 마음은 급한데 몸이 따로 논다. 둘째, 의위세굴意違勢屈이다. 뜻이 어긋나고 형세가 꺾인 엇박자의 상태다. 셋째는 풍조일염風燥日炎이다. 바람이 너무 건조하고 햇살이 따갑다. 공기 중에 습도가 알맞고 햇살도 적당해야 먹발이 좋다. 넷째는 지묵불칭紙墨不稱이다. 종이와 먹이 걸맞지 않아도 안 된다. 다섯째는 정태수란情怠手闌이다. 마음이 내키지 않고 손이 헛논다. 이럴 때는 애를 써봤자 소용이 없다.

　오합五合은 이렇다. 첫째가 신이무한神怡務閑이다. 정신이 가뜬하고 일이 한가할 때 좋은 작품이 나온다. 둘째는 감혜순지感惠徇知다. 고마움을 느끼고 알아주어 통할 때다. 대상과의 일치가 중요하다. 셋째는 시화기윤時和氣潤, 즉 시절이 화창하고 기운이 윤택한 것이다. 넷째는 지묵상발紙墨相發이니, 종이와 먹의 조합이 최상이다. 다섯째는 우연욕서偶然欲書다. 우연히 쓰고 싶어 쓴 글씨다.

　그림 글씨만 그렇겠는가. 글쓰기도 다를 게 없다. 원고 마감을 진작 넘기고도 글을 못 쓰고 있을 때는 중증의 변비 환자가 따로 없다. 바짝

바짝 피가 마를수록 어쩌자고 생각은 꽉 막혀 진도가 나가지 않는다. 예술과 학문과 인생의 만남이 다르지 않다. 섬광 같은 한 순간의 접점을 위해 우리는 오래 준비하고 또 기다린다.

착념삼일

오늘 없는 어제는 후회, 오늘 없는 내일은 근심

|

着念三日

이덕무가 『선귤당농소蟬橘堂濃笑』에서 말했다.

옛날과 지금은 큰 순식간이요, 순식간은 작은 옛날과 지금이다. 순식간이 쌓여서 문득 고금이 된다. 어제와 오늘과 내일이 수없이 서로 갈마들어 끊임없이 새것이 생겨난다. 이 속에서 나서 이 속에서 늙으니, 군자는 이 사흘에 마음을 쏟는다.

一古一今, 大瞬大息, 一瞬一息, 小古小今. 瞬息之積, 居然爲古今. 又昨日今日明日, 輪遞萬億, 新新不已. 生於此中, 老於此中, 故君子着念此三日.

어제가 아마득한 옛날 같고, 천 년 세월도 눈 깜짝할 사이다. 시간은 상대적이니 길이를 따질 게 못된다. 어제는 잘 살았는가? 오늘은 잘 살고 있는가? 내일은 어떤 마음으로 맞을까? 군자는 다만 이 사흘을 마음에 두고 매일 매일에 충실할 뿐이다. 사람들은 옛일을 잊지 못해 마음을 썩이고, 앞일을 걱정하느라 오늘을 허비한다. 오늘 없는 어제는 후회요, 오늘 없는 내일은 근심일 뿐이다. 사람은 누구나 이 '사흘' 관리를 잘 해야 한다.

이용휴李用休(1708~1782)는 「당일헌기當日軒記」에서 이렇게 주장한다.

사람들이 오늘이 있음을 알지 못하게 되면서 세상 일이 어긋나게 되었다. 어제는 이미 지나갔고, 내일은 아직 오지 않았다. 할 일이 있다면 다만 오늘이 있을 뿐이다. 이미 지나간 것은 되돌릴 방법이 없다. 아직 오지 않은 것은 비록 3만 6천 날이 잇달아 온대도 그 날에는 각기 그 날 마땅히 해야 할 일이 있으니, 실로 이튿날까지 미칠 여력이 없다. 참 이상하다. 한가할 '한閒'이란 글자는 경전에도 안 나오고 성인께서도 말씀하신 적이 없다. 그런데도 이 말에 기대 날을 허비하는 자가 있다.

自人之不知有當日, 而世道非矣. 昨日已過, 明日未來. 欲有所爲, 只在當日. 已過者, 無術復之. 未來者, 雖三萬六千日相續而來, 其日各有其日當爲者, 實無餘力可及翌日也. 獨怪夫閒者, 經不載聖不言, 而有托以消日者.

어제도 내일도 없다. 오직 오늘이 있을 뿐이다. 지금을 놓친 채 과거에 살고 지금을 버려두고 미래를 꿈꾸니 삶은 나날이 공허해지고 마음 밭은 갈수록 황폐해진다. 오늘이 없으면 어제가 슬퍼지고 내일이 텅 빈다. 사흘까지 신경 쓸 것 없이 오늘이 문제다.

사람들은 육신의 병만 대단하게 여겨 조금 아파도 병원을 찾아 치료를 받는다. 하지만 오늘을 놓치고 사흘을 외면하는 사이에 깊이 든 마음의 병은 대수롭지 않게 여긴다. 그러다가 문제가 생기면 세상을 원망하거나 회한에 잠겨 돌이킬 수 없는 길을 간다. 안타깝지 않은가.

질병을 부르는 잘못된 행동과 나쁜 습관

|

五勞七傷

유만주兪晚柱(1755~1788)의 일기 『흠영欽英』을 읽는데 이런 대목이 나
온다.

어떤 이가 말했다. "사람이 세간을 살아가면서 '오로칠상五勞七傷'
을 면할 길이 없다. 좋은 음식을 복용하는 꾀는 결단코 황당한 말이
아니다. 음식이나 여색처럼 삶을 해치는 것 외에도, 나랏일로 고민
하고 백성을 위해 근심하거나, 헐뜯음을 염려하고 미워함을 두려워
하는 것, 얻음을 기뻐하고 잃음을 걱정하는 것 따위가 모두 수고와
손상을 부르는 원인이다. 하지만 수련하고 섭양하는 것은 늘 산이나

물가에 숨어야만 한다. 왕공이나 귀인은 자녀와 재물에다 언제나 진한 술에 취해 사는 것을 근심한다. 마음을 맑게 하고 욕심을 줄일 처방을 펼 방법이 없다." 내 생각은 이렇다. 경옥고瓊玉膏는 진실로 좋은 약이다. 쇠약한 데 아주 그만이다. 젊은 사람에게도 잘 든다. 이제 전체 약재의 값을 따져보니 상평통보로 1천 여 냥이나 든다.

或言人生世間, 五勞七傷, 所不得免. 服餌之術, 斷非謊語. 盖其食色傷生者外, 如國計民憂, 憂讒畏忌, 患得患失, 皆致勞傷. 然修鍊攝養, 每宜於山澤之遯, 而王公貴人, 子女玉帛, 常患醲醋, 淸心寡欲之方, 無處可施也. 議瓊玉洵大藥也. 衰固聖矣, 少壯亦无不可. 今計全劑之直, 爲通寶千餘兩.

'오로칠상'은 질병의 원인이 되는 행동들을 나열한 의학 용어다. 먼저 오로五勞는 질병을 부르는 다섯 가지 피로다. 『소문素問』이란 의서에서는 이렇게 설명한다. 한곳만 뚫어져라 보는 구시久視는 상혈傷血을 부른다. 누워만 있는 구와久臥는 상기傷氣가 문제다. 계속 앉아 있는 구좌久坐는 상육傷肉으로 나타난다. 오래 서 있는 구립久立은 상골傷骨, 즉 관절을 상하게 한다. 계속 다녀야 하는 구행久行은 상근傷筋, 즉 근육을 손상시킨다. 공부하는 학생이나 사무직은 구시와 구좌를 면할 수 없고, 노인은 구와나 구좌가 문제다. 다니며 물건 파는 사람은 구행에서 탈이 난다.

칠상七傷, 즉 손상을 가져오는 일곱 가지 행동은 어떤 것이 있나? 지나친 포식은 비장을 손상시킨다. 과도한 노여움은 기운을 역류시켜 간을 상하게 만든다. 용을 써서 무거운 것을 들거나, 습한 곳에 오래 앉아 있으면 신장이 망가진다. 추운 곳에 있거나 찬 음료를 마시면 폐가 상한다. 육신을 힘들게 하고 뜻을 손상시키면 정신이 무너진다. 비바람과 추위 및 더위는 육신을 망가뜨린다. 두려움과 절제 없는 행동은 뜻을 꺾어버린다.

경옥고의 보양 효과가 대단해도 너무 비싸니 그림의 떡이다. 산속으로 들어갈 수도 없다면 절제 있는 생활 습관과 규칙적인 운동밖에는 방법이 없겠다.

삶을 손상시키고 몸을 망치는 길

傷生敗身

정내교鄭來僑(1681~1757)가 「용존와기用存窩記」에서 말했다.

명아주 잎과 콩잎 같은 거친 음식은 정신을 편안하게 하고 병을
적게 한다. 그런데도 사람들은 반드시 기름진 음식만 즐긴다. 바른
길은 걷기도 편하고 엎어질 일이 없다. 하지만 사람들은 굳이 지름
길로만 가려든다. 끝내 삶을 손상시키고 몸이 망가지는 데 이르는
것은 모두 이것 때문이다.

藜藿可以寧神少病, 而必嗜膏腴. 正路可以安步無躓, 而必之捷徑. 卒
至於傷生敗身者皆是.

남보다 앞서 가려니까 지름길만 골라 간다. 기름진 음식만 찾다가 각종 성인병에 시달린다. 상생패신傷生敗身, 삶을 망가뜨리고 몸을 망치는 주범은 기름진 음식과 지름길만 찾는 버릇이다. 단계를 밟아 차근차근 하지 않고 위험을 무릅쓴다. 균형 잡힌 식단을 버리고 입에 당기는 것만 먹는다. 더 빨리 더 맛있는 것만 외치다가 삶을 그르치고 건강을 잃는다.

유언호俞彦鎬(1730~1796)도 「몽연蒙演」이란 글에서 이렇게 적었다.

가난하고 천한 뒤에 부귀의 즐거움을 안다. 명아주 잎과 콩잎을 먹은 뒤라야 기름진 기장밥의 맛이 단 줄을 안다. 누더기 옷을 기워 입은 뒤에야 여우 털과 담비 갖옷의 아름다움을 안다. 병이 든 후에 병들지 않은 것이 편안한 줄을 안다. 근심을 겪은 뒤에야 근심 없는 것이 좋은 일임을 안다. 모르는 것은 늘상 곁에 있고, 아는 것은 늘상 곁에 없다.

貧賤而後, 知富貴之樂. 藜藿而後, 知膏粱之甘. 鶉結而後, 知狐貉之美. 病而後, 知不病之安. 憂而後, 知無憂之適. 不知者常有也, 知者不常有也.

없었으면 몰랐으면 싶은 것은 늘 곁에 있고, 가졌으면 누렸으면 하는 것은 저 멀리에 있다. 이것으로 저것과 맞바꾸면 좋을 텐데 뜻대로 안 된다. 따지고 보면 빈천과 거친 음식의 시간이 있어야 부귀의 흐뭇함과 맛진 음식의 진미를 안다. 누더기 옷과 병마에 시달려본 사람이 좋은 옷과 건강의 소중함을 안다. 부귀한 사람은 빈천의 고통을 모른다. 건강한 사람은 아픈 사람의 심정을 모른다. 둘은 맞물려 있는데 사람들은 늘 제가 지니지 않은 것만 바라본다. 노력 없이 일확천금을 노려 인생 역전을 꿈꾸려니 로또에 인생을 건다. 지름길에는 늘 위험이 도사리고 있다. 기름진 음식은 혈관을 막는다. 거친 음식, 바른 길이 양생의 묘방이다. 성취만 바라고 입만 위하면 그때만 좋고 끝이 안 좋다.

만이불일

차되 넘치지 않는다

滿而不溢

이조판서 이문원李文源(1740~1794)의 세 아들이 가평에서 아버지를 뵈러 상경했다. 아버지는 아들들이 말을 타고 온 것을 알고 크게 화를 냈다. "아직 젊은데 고작 1백 여리 걷는 것이 싫어 말을 타다니. 힘쓰는 것을 이렇듯 싫어해서야 무슨 일을 하겠느냐?" 아버지는 세 아들에게 즉시 걸어 가평으로 돌아갔다가 이튿날 다시 도보로 올 것을 명령했다.

그 세 아들 중 한 사람이 이존수李存秀(1772~1829)다. 조부는 영의정을 지낸 이천보李天輔였다. 영의정의 손자요 현임 이조판서의 아들들이 말 타고 왔다가 불호령을 받고 걸어갔다가 걸어왔다. 엄한 교육을 받고 자란 이존수 또한 뒤에 벼슬이 좌의정에 이르렀다. 그는 나아가고 물러나고 말하고 침묵함이 법도에 맞았고, 지휘하고 일을 살피는 것이 민첩하고 명민해서 간교하고 교활한 무리들이 속일 수 없었다는 평가를 받았다. 홍석주洪奭周가 『학강산필鶴岡散筆』에서 기록한 내용이다.

『효경孝經』은 이렇게 말한다.

> 윗자리에 있으면서 교만하지 않으면 지위가 높아도 위태롭지 않다.
> 절제하고 아껴 법도를 삼가면 가득 차도 넘치지 않는다.
> 在上不驕, 高而不危. 制節謹度, 滿而不溢.

다음은 『서경書經』의 말이다.

> 네가 다만 뽐내지 않으면 천하가 너와 더불어 공을 다투지 않고,
> 네가 남을 치지 않으면 천하가 너와 더불어 능함을 다투지 않는다.
> 爾唯不矜, 天下莫與汝爭功, 爾唯不伐, 天下莫與汝爭能.

성대중成大中(1732~1809)은 『청성잡기青城雜記』에서 한신韓信이 큰 공을 세우고도 끝내 패망의 길을 걷게 된 까닭을 열거한 뒤 "뜻을 얻자 기운이 높아져, 도량은 좁아지고 지혜는 어두워졌다", 의득기항意得氣亢 양협지혼量狹知昏의 여덟 자로 그의 생애를 요약했다. 득의의 순간에 기세를 낮추고, 도량을 넓혀 겸양으로 처신하는 것, 이것이 부귀의 자리를 오래 지키는 비결이다. 그렇지 않고 기운을 뽐내고 재주를 자랑하면 끝내 화를 면치 못한다.

높아지고 가득 채우고 싶어 하는 욕심은 누구나 같다. 하지만 그 끝이 자주 위태롭고, 넘쳐흘러 제풀에 무너지고 마는 것은 슬픈 일이다. 걸어서 다시 오라고 아들들을 돌려세우던 이조판서 이문원의 매서운 가르침이 자꾸 생각난다.

세상에서 부귀와 명리를 구하는 두 가지 태도

|

淘河靑莊

　　박지원의 「담연정기澹然亭記」에 도하淘河와 청장靑莊이란 새에 대한
이야기가 나온다. 둘 다 물가에서 고기를 잡아먹고 사는 새다. 먹이를
취하는 방식은 판이하다. 도하는 사다새다. 펠리컨의 종류다. 도淘는
일렁인다는 뜻이니, 도하는 진흙과 뻘을 부리로 헤집고, 부평과 마름
같은 물풀을 뒤적이며 쉴 새 없이 물고기를 찾아다닌다. 덕분에 깃털
과 발톱은 물론, 부리까지 진흙과 온갖 더러운 것들을 뒤집어쓴다. 허
둥지둥 잠시도 가만있지 않고 부지런히 먹이를 찾아 헤매다니지만 종
일 고기 한 마리 못 잡고 늘 굶주린다.

　　청장은 해오라기의 별명이다. 신천옹信天翁으로 불린다. 이 새는 맑고 깨끗한 물가에 날개를 접은 채 붙박이로 서 있다. 한번 자리를 잡으면 좀체 옮기는 법이 없다. 게을러 꼼짝도 하기 싫은 모양으로 마냥 서 있다. 바람결에 들려오는 희미한 노랫가락에 귀를 기울이듯 아련한 표정으로 수문장처럼 꼼짝 않고 서 있다. 물고기가 멋모르고 앞을 지나가면 문득 생각났다는 듯이 고개를 숙여 날름 잡아먹는다. 도하는 죽을 고생을 해도 늘 허기를 면치 못한다. 청장은 한가로우면서도 굶주리는 법이 없다.

연암은 이 두 가지 새에 대해 설명한 후, 이것을 세상에서 부귀와 명리를 구하는 태도에 견주었다. 먹이를 찾아 부지런히 쫓아다니면 먹이는 멀리 달아나 숨는다. 욕심을 버리고 담백하게 있으면 애써 구하지 않아도 먹이가 제 손으로 찾아온다. 권력이든 명예든 쟁취의 대상이 되어서는 내 손에 들어오는 법이 없다. 갖고자 애쓸수록 멀어진다. 담백한 태도로 신중함을 지키고 희로애락의 감정에 휘둘리지 않을 때 보통 사람들이 밤낮 악착스레 얻으려 애쓰면서도 얻지 못하는 것들이 저절로 이른다.

박지원에게 이 설명을 듣고 이덕무는 청장이란 새가 무척 마음에 들었던 모양이다. 청음관靑飮館이라고 쓰던 자신의 당호를 당장 청장관靑莊館으로 고쳤다. 신천옹信天翁, 하늘을 믿고 작위하지 않는 청장과 같은 삶을 살겠다고 다짐했다. 없어도 그만이다. 조금이면 만족한다. 그런 마음속에 넉넉함이 절로 깃든다. 아등바등 욕심만 부리면 먹을 것도 못 얻고 제 몸만 더럽힌다.

식
진
관
명

쾌적한 삶을 얻기 위한 여덟 단계
|
植眞觀命

삶이 쾌적해지기 위해 지켜야 할 여덟 단계를 제시한 이덕무의 「적
언찬適言讚」이란 글이 있다. 첫 단계는 식진植眞이다. 참됨을 심어야 한
다. 사물은 참됨을 잃는 순간 가짜 껍데기가 된다. 아무리 닮아도 가짜
는 가짜다. 본질을 깊숙이 응시해야 가짜에 현혹되지 않는다. 그다음
은 관명觀命이다. 운명을 살핀다 함은 오늘 할 일 오늘 하고 어제 할 일
어제 하여, 처음부터 끝까지 한결같은 마음을 갖는 태도를 말한다. 점
치는 것과는 아무 상관이 없다.

다음은 병효病殽다. 마음을 다스려 잡다한 것에 현혹됨을 경계하지
않으면 안 된다. 여색과 재물, 능변과 모략, 이런 것에 휘둘리면 방법

이 없다. 네 번째가 둔훼遯毁다. 헐뜯음으로부터 멀리 달아나는 것이다. 재주는 이름을 낳고, 이름은 비방을 부른다. 재주를 뽐내면 해코지를 당하고, 그저 감수하자니 바보 같아 못 견디겠다. 그러니 멀지도 가깝지도 않게 거리를 유지하여 타고난 본바탕을 지키는 자세가 중요하다. 비방이 얼씬도 하지 못하게 빌미를 주지 말아야 한다.

다섯 번째는 이령怡靈이다. 정신에 좋은 기운을 불어넣어주는 작용이 필요하다. 자연에서 정신은 편안해지고, 정은 경계에 따라 옮겨간다. 가을 물과 봄 구름을 보면 마음의 눈이 활짝 열려 생각이 영롱해진다. 여섯 번째는 누진耨陳이다. 열린 마음 위에 낡아 진부해진 것들을 끊임없이 덜어내야 한다. 그 빈자리는 새로움으로 가득 채운다. 신진대사新陳代謝, 즉 진부한 것을 새것으로 교체하고, 시든 것[謝]을 새것으로 대신하는 작용이 활발할 때 정신과 육체가 건강해진다.

일곱 번째는 간유簡遊다. 교유하는 벗을 잘 가릴 필요가 있다. 혼자 사는 세상이 아니니 배움을 북돋워주고 재주를 장려해주며 잘못은 따끔하게 꾸짖고 가난은 함께 건네줄 그런 동심의 벗이 필요하다. 기생충 같은 무리는 뱃속에 시기심으로 가득 차서 등 뒤에서 헐뜯는다. 마지막 여덟 번째는 희환戱寰이다. 말 그대로 우주 안에서 즐기며 노니는 것이다. 내 앞에 내가 없고 내 뒤에도 나는 없다. 조급해할 것도 성낼 일도 없이 하늘을 따라 즐길 뿐이다.

여덟 단계를 한마디로 요약하면 '내 삶을 즐기고, 내 분수에 만족한다'는 것이다. 조심조심 지켜 여유롭게 노닐며 한 세상을 건너가자.

甘脆肥濃

달고 무르고 기름지고 진한 맛

|

甘脆肥濃

송대宋代 마단림馬端臨이 말했다.

　우리의 도는 괴로운 뒤에 즐겁고
　중생은 즐거운 후에 괴롭다.
　吾道苦而後樂, 衆生樂而後苦.

정신이 번쩍 든다. 묵자墨子가 말했다.

　힘든 일을 하는 사람은 반드시 하고자 하는 바를 얻는다.

하고 싶은 것만 하면서 하기 싫은 것을 면한 사람을 나는 본 적이 없다.

爲其所難者, 必得其所欲. 未聞爲其所欲, 而能免其所惡者也.

간결한 말 속에 통찰이 빛난다. 고통 끝에 얻은 기쁨이라야 오래간다. 좋은 것만 하려 들면 나쁜 것이 찾아온다. 괴롭고 나서 즐거운 것은 운동이 그렇고 학문이 그렇다. 처음엔 몸이 따라주지 않고 공부가 버겁다. 피나는 노력이 쌓여야 안 되는 게 없고 모를 게 없어진다. 안 되어 답답했는데 저절로 되니 신기하다. 몰라 막막했지만 석연하게 깨달아 시원스럽다. 이것이 처음엔 괴롭다가 나중에 즐거워지는 일이다.

즐겁고 나서 괴로운 것은 주색잡기와 도박이 그렇다. 미희를 옆에 끼고 비싼 술에 맛난 음식을 골라 먹으니 눈에 뵈는 게 없다. 노름꾼이 화투장을 쫄 때 느끼는 쾌감은 마약을 능가한다. 공부하는 사람이 불쌍하고 노력하는 사람이 가련하다. 그러다가 술병이 나서 황달이 오고 기름진 음식 때문에 당뇨와 혈압으로 쓰러진다. 꼼짝 않고 편히 지내다가 아예 휠체어 신세가 되어 영영 꼼짝 못하게 된다. 화려했던 한 시절이 일장춘몽이다. 그 많던 재산을 노름으로 다 잃어 패가망신한다. 일확천금의 꿈이 허망하다. 이것은 처음에 즐겁다가 뒤에 괴롭게 되는 일이다.

한나라 때 매승枚乘이 「칠발七發」에서 말했다.

달고 무르고 기름지고 맛이 진한 음식〔甘脆肥濃〕은 이름하여 창자를 썩게 만드는 약이라 한다. 잘 꾸민 방과 좋은 집은 질병을 부르는

중매라 이름한다. 나고 들 때 타는 가마와 수레는 걷지 못하게 만드
는 기계라 하고, 흰 이와 고운 눈썹의 여인은 목숨을 찍는 도끼라 부
른다.

甘脆肥濃, 命曰腐腸之藥. 洞房淸宮, 命曰寒熱之媒. 出輿入乘, 命曰
招蹶之機. 皓齒蛾眉, 命曰伐性之斧.

창자를 썩게 하고 질병을 불러오며 앉은뱅이로 만들고 목숨을 찍는
것들을 얻자고 사람들은 사생결단한다. 고통 끝에 얻는 즐거움을 버리
고 즐거움 끝에 얻는 파멸을 향해 너나없이 돌진한다. 누구나 다 갖고
싶어 하고 하고 싶어 하는 일은 사실은 해서는 안 될 일이다.

심장불로

깊이 감춰 드러내지 않는다

—

深藏不露

초나라 장왕莊王이 즉위했다. 첫마디가 이랬다. "간언은 용서치 않는다." 즉시 국정은 내팽개치고 3년 넘게 주색잡기에 빠졌다. 보다 못한 오거伍擧가 돌려 물었다. "초나라 서울에 새 한 마리가 있습니다. 3년을 울지도 않고 날지도 않습니다. 무슨 새일까요?" "보통 새가 아니로구나. 3년을 안 날고 안 울었으니 한번 날면 하늘로 솟고, 한번 울면 사람을 놀라게 하리라." 오거가 빙긋 웃고 물러났다. 왕은 그 뒤로도 계속 방탕했다. 이번엔 대부 소종蘇從이 직간했다. 왕은 화를 내며 죽고 싶으냐고 소리 질렀다. 소종은 초나라가 이대로 멸망의 길로 가는 것을 볼 수 없으니 차라리 죽어 충신의 이름을 얻고자 한다고 대들었

다. 초장왕은 그를 물끄러미 보다가 즉시 주연을 파하고, 그날로 난행
亂行을 그쳤다. 소종과 오거를 중용했다. 지난 3년간 곁에서 방탕을 부
추겼던 자들을 일거에 내쫓았다. 얼마 후 그는 춘추오패春秋五霸의 한
사람으로 이름을 올렸다. 『사기』에 나온다.

> 매가 서 있을 때는 마치 조는 것 같고
> 범이 다닐 때는 병든 것 같다.
> 鷹立如睡, 虎行似病.

『육도삼략六韜三略』의 한 구절이다. 나무 꼭대기에 앉은 매는 졸음을
못 이겨 꾸벅꾸벅 조는 것만 같다. 눈앞에 사냥감이 나타나면 순식간
에 박차고 올라 전광석화와 같이 낚아챈다. 어슬렁거리는 범은 병들고
굶주려 비실비실 쓰러질 것만 같다. 하지만 먹잇감을 향해 포효하며
돌진할 때는 그 서슬에 산천초목의 혼이 다 빠진다.
  고수들은 한 번에 자기 수를 다 보여주지 않는다. 깊이 감춰 좀체 드
러내는 법이 없다〔深藏不露〕. 하수들이나 얄팍한 재주를 믿고 찧고 까분
다. 잠깐은 두드러져도 이내 흔적도 없다.

> 처음에 처녀처럼 얌전히 있으면 적이 문을 연다.
> 나중엔 달아나는 토끼같이 하니 적이 막을 수가 없다.
> 始如處女, 敵人開戶; 後如脫兔, 敵不及拒.

『손자孫子』「구지九地」에 나온다. 상대가 만만히 보도록 유도한 뒤 방

심을 틈타 단번에 무찌르는 책략이다.

훌륭한 장사치는 깊이 감춰두어 아무것도 없는 듯이 한다.
군자는 덕이 가득해도 겉보기에는 바보 같다.
良賈深藏若虛, 君子盛德若愚.

『사기』「노자한비열전老子韓非列傳」의 말이다. 얄팍함을 버리고 깊이
를 지녀라.

난득호도

바보처럼 굴기가 정말 어렵다

—

難得糊塗

명나라 장호張灝가 고금의 경구를 새긴 『학산당인보學山堂印譜』에 "총명하지 않을수록 더 쾌활해진다〔越不聰明越快活〕"란 구절이 나온다. 똑똑한 사람들은 걱정이 많다. 한 번 더 가늠해 한 발 앞서 가려니 궁리가 늘 많다. 이겨도 마음이 개운치가 않다. 금세 누가 뒷덜미를 채갈 것만 같다. 좀 모자란 바보는 늘 웃는다. 이래도 웃고 저래도 웃는다.

얻고 잃음에 무심해야 쾌활이 찾아든다. 여기에 얽매이면 지옥이 따로 없다. 사람이 똑똑함을 버리고서 쾌활을 얻기란 실로 어렵다. 똑똑하면 꼭 티를 내야 하고 조금 알면 아는 체를 해야 직성이 풀린다. 나대는 마음을 꾹 눌러 저를 툭 내려놓을 때 비로소 시원스럽다.

청나라 때 서화가 정섭鄭燮(1693~1766)의 글씨에 이런 내용이 있다.

총명하기가 어렵지만 멍청하기도 어렵다. 총명함을 거쳐 멍청하
게 되기는 더더욱 어렵다. 집착을 놓아두고, 한 걸음 물러서서 마음
을 내려놓는 것이 어찌 뒤에 올 복의 보답을 도모함이 아니겠는가?
　聰明難, 糊塗難. 由聰明轉入糊塗更難. 放一著, 退一步, 當下心,
安非圖後來福報也.

멍청하기가 총명하기보다 어렵다. 가장 어려운 것은 총명한 사람이
멍청하게 보이는 것이다. 난득호도難得糊塗란 말이 여기서 나왔다. 호
도糊塗는 풀칠이니, 한 꺼풀 뒤집어써서 제대로 보지 못한다는 말이다.
난득難得은 얻기 어렵다는 뜻이다. 난득호도는 바보처럼 굴기가 어렵
다는 의미다. 다들 저 잘난 맛에 사니, 지거나 물러서기 싫다. 손해 보
는 것은 죽기보다 싫다. 더 갖고 다 가지려다가 한꺼번에 모두 잃는다.
결국은 난득호도의 바보 정신이 이긴다.
　『학산당인보』에는 "통달한 사람은 묘하기가 물과 같다〔達人妙如水〕"
란 구절도 있다. 물의 선변善變을 배워 지녀야 달인이다. 능소능대能小
能大, 어디서든 아무 걸림이 없다. "선비는 죽은 뒤의 녹을 탐한다〔士貪
以死祿〕"고도 했다. 살아 내 배 불리는 그런 녹보다 죽은 뒤에도 죽지
않고 따라오는 녹, 후세가 주는 녹, 떳떳하고 의로운 삶 앞에 주어지는
녹을 욕심낼 뿐이다. "입이 재빠른 자는 허탄함이 많고 믿음성은 부족
하다〔口銳者多誕而寡信〕"란 말도 보인다. 지혜를 감추고, 예기銳氣를 죽여
라. 입으로 일어나 입으로 망한다.

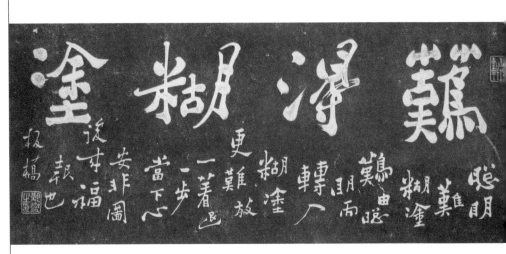

판교板橋 정섭鄭燮의 '난득호도難得糊塗' 탁본

밑지는 게 남는 것이다

喫虧是福

정승 조현명趙顯命(1690~1752)의 부인이 세상을 떴다. 영문營門과 외방에서 부의가 답지했다. 장례가 끝난 후 집사가 물었다. "부의가 많이 들어왔습니다. 돈으로 바꿔 땅을 사두시지요." "큰아이는 뭐라든가?" "맏상주께서도 그게 좋겠다고 하십니다." 조현명이 술을 취하도록 마시고 여러 아들을 불러 꿇어앉혔다. "못난 놈들! 부의로 들어온 재물로 토지를 사려하다니 부모의 상을 이익으로 아는 게로구나. 내가 명색이 정승인데 땅을 못 사 굶어 죽기야 하겠느냐? 내가 죽으면 제사 지낼 놈도 없겠다." 매를 몹시 때리고 통곡했다. 이튿날 부의로 들어온 재물을 궁한 일가와 가난한 벗들에게 고르게 나눠주었다. 『해동속

소학海東續小學』에 나온다.

청나라 때 판교板橋 정섭鄭燮이 유현濰縣 현령으로 있을 때 일이다. 고향의 아우가 편지를 보내왔다. 집 담장 때문에 이웃과 소송이 붙었으니, 현감에게 청탁해 이기게 해달라는 내용이었다. 정섭은 답장 대신 시 한 수를 썼다.

천 리 길에 글을 보냄 담장 하나 때문이니
담장 하나 양보하면 또 무슨 상관인가?
만 리 쌓은 장성은 여태 남아 있지만
당년에 진시황은 보지도 못했다네.
千里告狀只爲墻 讓他一墙又何妨
萬里長城今猶在 不見當年秦始皇

이 시와 함께 '끽휴시복喫虧是福' 네 글자를 써 보냈다. 밑지는 게 복이라는 뜻이다. 그 아래 쓴 풀이 글은 이렇다.

가득 참은 덜어냄의 기미요,
빈 것은 채움의 출발점이다.
내게서 덜어내면 남에게 채워진다.
밖으로는 인정의 평온을 얻고,
안으로는 내 마음의 편안함을 얻는다.
평온하고 편안하니,
복이 바로 여기에 있다.

滿者損之機, 虧者盈之漸. 損於己則盈於彼.

外得人情之平, 內得我心之安.

旣平且安, 福卽在是矣.

아우가 부끄러워 소송을 포기했다.

성대중은 말한다.

성대함은 쇠퇴의 조짐이다.

복은 재앙의 바탕이다.

쇠함이 없으려거든 큰 성대함에 처하지 말라.

재앙이 없으려거든 큰 복을 구하지 말라.

盛者衰之候, 福者禍之本. 欲無衰, 無處極盛. 欲無禍, 無求大福.

떵떵거려 끝까지 다 누릴 생각 말고, 조심조심 아껴 나누며 더불어
살아가야 그 복이 길고 달다. 재앙은 부엌문이 열리기만 기다리는 배
고픈 개처럼 틈을 노린다.

제심징려

생각은 맑게 마음은 가지런히

—

齊心澄慮

　연암 박지원이 열하熱河에서 요술 구경을 했다. 요술쟁이는 콩알만 하던 환약을 점점 키워 달걀만 하고 거위 알만 하게 만들더니 장구만 하고 큰 동이만 하게 만들었다. 사람들이 놀라 빤히 보고 있는 중에 어느새 그것을 쓰다듬고 어루만져 잠깐 사이에 손안에 넣고 손바닥을 비비다가 튕기니 그마저도 없어졌다. 귀신이 곡할 노릇이었다.

　그는 기둥에 제 손을 뒤로 묶게 했다. 피가 안 통하는지 손가락 색이 검게 변했다. 요술쟁이는 순식간에 기둥에서 떨어져 섰다. 손은 어느새 가슴 앞에 와 있고, 끈은 애초에 묶인 그대로였다. 일행 중 하나가 성을 내면서 돈을 주고 한 번 더 해보라고 했다. 그러고는 제 채찍으로 직접 요술쟁이의 손을 꽁꽁 묶었다. 절대로 속지 않겠다고 눈을 크게 뜨고 지켜보았다. 하지만 요술쟁이는 벌써 기둥을 벗어났고, 묶은 채찍은 그대로였다.

이런 수십 가지 요술을 구경한 후 연암이 말했다. "눈이 시비를 분별 못하고 참과 거짓을 못 살핀다면, 눈이 없다 해도 괜찮겠다. 요술쟁이에게 속는 것은 눈이 잘못 본 것이 아니라, 똑똑히 보려다가 도리어 탈이 된 것이다." 곁에 있던 사람이 말했다. "아무리 요술을 잘하는 자도 소경은 못 속일 테니, 본다는 것은 과연 무엇입니까?" 「환희기幻戲記」에 나온다.

주자가 늘 눈병을 앓았다. 말년에 어떤 학자에게 준 편지에서 "좀 더 일찍 눈이 멀지 않은 것이 한스럽다"고 썼다. 눈을 감고 지내자 마음이 안정되고 전일專一해져서 지켜 보존하는 공부에 큰 도움이 됨을 느꼈던 것이다.

조선 후기 조희룡趙熙龍이 누군가에게 보낸 짧은 편지는 또 이렇다. 『우봉척독又峰尺牘』에 보인다.

눈에 낀 백태가 나아지지 않으신다니 걱정입니다. 이런저런 약을 잡다하게 시험하지 마시고, 다만 제심징려齊心澄慮, 즉 마음을 가지런히 하고 생각을 맑게 한다는 네 글자를 처방으로 삼으시지요. 약을 안 쓰고도 절로 효험이 있을 겁니다.

眼眚無減, 恐慮殊深切. 勿以雜試萬藥, 惟以'齊心澄慮'四字爲箋. 自有勿藥得中之效耳.

눈을 똑바로 뜰수록 더 속는다. 제심징려! 마음의 끝자락을 가지런히 모두고, 생각의 찌꺼기를 걷어내라. 귀로 듣고 눈으로 보는 것은 헛것이 더 많다. 이 소리 듣고 옳다 하다가 저 말을 듣고는 침을 뱉는다. 진실은 무엇인가. 외물에 현혹되어 우왕좌왕 몰려다닌 마음만 부끄럽다.

수오탄비

부끄럽고 미워하고 탄식하며 슬퍼할 일

|

羞惡歎悲

어떤 사람이 강백년姜栢年에게 제 빈한한 처지를 투덜댔다. "자네! 춥거든 추운 겨울 밤 순찰 도는 야경꾼을 생각하게. 춥지 않게 될 걸 세. 배가 고픈가? 길가에서 밥을 구걸하는 아이를 떠올리게. 배가 고 프지 않을 것이네." 옛말에도 "뜻 같지 않은 일을 만나거든 그보다 더 심한 일에 견주어보라. 마음이 차차 절로 시원해지리라"고 했다.

『언행휘찬言行彙纂』에 수오탄비羞惡歎悲, 즉 인생에 부끄럽고 미워하고 탄식하며 슬퍼해야 할 네 가지 일을 꼽은 대목이 있다. 그 글은 이렇다.

가난은 부끄러울 것이 없다. 부끄러운 것은 가난하면서도 뜻이 없

는 것이다. 천함은 미워할 만한 것이 못된다. 미워할 만한 것은 천하
면서도 무능한 것이다. 늙는 것은 탄식할 일이 아니다. 탄식할 일은
늙어서 부끄러움을 모르는 것이다. 죽는 것이야 슬퍼할 것이 못된
다. 슬퍼할 것은 죽은 뒤에 아무 일컬음이 없는 것이다.

　　貧不足羞, 可羞是貧而無志; 賤不足惡, 可惡是賤而無能; 老不足歎,
可歎是老而無恥; 死不足悲, 可悲是死而無稱.

다시 네 가지 경우마다 한 구절씩을 꼽았다.

　　선비 절개 가난에서 굳세어지고
　　고인高人의 뜻 병중에 자라나누나.
　　貧堅志士節 病長高人情

　이것은 백거이白居易의 시다. 가난과 질병은 뜻 높은 선비의 정신마
저 꺾지는 못한다.

　　주머니 비자 배움 더욱 넉넉해지고
　　집 가난해 사람 더욱 우뚝해지네.
　　囊空學愈富 屋陋人更傑

　소식蘇軾의 작품이다. 빈천貧賤 속에 학문이 깊어지고 의기가 더욱
솟아난다. 박차고 일어서야지.

늙을수록 더욱 씩씩하고
궁할수록 굳세야 한다.
老當益壯 窮當益堅

마원馬援의 말이다. 노익장老益壯이란 말이 여기서 나왔다. 늙어 주눅
든 모습처럼 보기 민망한 것이 없다.

살아서는 뜻을 빼앗을 수가 없고
죽어서는 이름을 빼앗을 수가 없다.
生則不可奪志 死則不可奪名

『예기禮記』의 구절이다. 남이 뺏지 못할 뜻과 이름이 없는 것을 부끄
러워해야지, 남이 안 알아주는 것을 탄식하지 말라는 얘기다.
　우리가 부끄러워하고 미워할 것〔羞惡〕은 빈천이 아니다. 그 앞에 기
가 꺾여 제풀에 허물어지고 마는 것이다. 탄식하고 슬퍼할 일〔歎悲〕은
늙고 병들어 죽는 것이 아니다. 부끄러운 줄 모르고 망령 떨고 이룬 것
없이 큰소리치다가 죽자마자 잊혀지는 일이다.

조심

시법의 간늠

2
——

操心

의미는 사소한 데 숨어 있다

|

具眼能知

　요네하라 마리米原万里의 『교양노트』(마음산책 간)에 「사소해 보이는 것의 힘」이란 글이 있다. 건축가를 꿈꾸던 젊은이는 세상에서 가장 행복하고 아름다운 마을을 설계하고 싶었다. 그는 오랜 시간 고치고 다듬어 도면을 완성했다. 흡족했다. 목수를 찾아가 자랑스레 그 설계도를 내밀었다. 한참을 보던 늙은 목수가 조용히 말했다.

　"이건 기쁨과 행복의 마을이 아니라 슬픔과 불행의 마을이로군."

　"그럴 리가요?"

　"확실히 애써서 만든 설계도일세. 도로와 건물의 위치, 소품의 배치도 완벽해. 하지만 자네가 간과한 게 있네. 그림자일세. 건물에 그림자가 어떻게 지는지는 전혀 고려하지 않았군. 햇빛을 받지 못하는 마을은 어두침침한 회색 마을이 되고 마네. 사람들은 우울해지지. 젊은이, 명심하게나. 그림자를 얕봐선 안 되네. 그건 결코 사소한 것이 아닐세."

어떤 사람이 중국에서 그림을 사왔다. 낙락장송 아래 한 고사가 고개를 들고 소나무를 올려다보는 그림이었다. 솜씨가 기막혔다. 안견安堅이 보고 말했다.

"고개를 들면 목덜미에 주름이 생겨야 하는데, 화가가 그것을 놓쳤다."

그 후로 아무도 거들떠보지 않는 그림이 되었다.

신묘한 필치로 일컬어진 또 다른 그림이 있었다. 노인이 손주를 안고 밥을 먹이는 모습이었다. 성종께서 보시고 이렇게 말했다.

"좋긴 하다만, 아이에게 밥을 떠먹일 때는 저도 몰래 자기 입이 벌어지는 법인데, 노인은 입을 꽉 다물고 있으니 화법을 크게 잃었다."

그 후로는 버린 그림이 되었다. 유몽인柳夢寅(1559~1623)의 『어우야담於于野談』에 나온다. 그는 이렇게 부연한다.

그림이나 문장도 다를 게 없다. 한번 본의를 잃으면 아무리 화려하고 아름다워도 식자가 취하지 않는다. 안목 갖춘 자라야 이를 능히 알 수가 있다〔具眼者能知之〕.

夫畵與文章何異? 一失本意, 雖錦章繡句, 識者不取. 惟具眼者, 能知之.

의미는 늘 사소한 데 숨어 있다. 기교는 손의 일이나 여기에 마음이 실리지 않으면 버린 물건이 되고 만다. 가짜일수록 그럴싸하다. 진짜는 사람의 눈을 놀래키는 법이 없다. 덤덤하고 질박하다. 꽉 다문 입에 손주에게 한 숟가락이라도 더 먹이고픈 할아버지의 마음이 달아나버렸다. 목 뒤의 주름을 놓치는 바람에 소나무의 맑은 기상을 우러르는 선비의 마음이 흩어졌다. 젊은이! 명심하게. 사소해 보이는 것을 소홀히 하지 말게. 그림자를 얕봐선 안 되네.

평등안목

바로 보려면 눈의 미혹을 걷어내라

平等眼目

압록강을 건너 책문으로 막 들어선 박지원은 국경 변방 시골 도시의 번화한 광경에 그만 기가 꽉 질린다. 이 궁벽진 촌이 이럴진대 도대체 북경은 어떻겠는가. 얼굴이 화끈거려 이쯤에서 발길을 돌리고 싶어진다고 적었다.

연암은 자신의 이런 마음이 좁은 소견에 기인한 질투심 때문이라고 진단했다. 그래서 시방세계를 평등하게 바라본다는 석가여래의 밝은 눈을 부러워했다. 그때 마침 한 장님이 어깨에 비단 주머니를 둘러맨 채 손으로 월금月琴을 타며 지나간다. 연암이 말한다. "저 장님이야말로 정말 평등한 안목을 지녔구나." 『열하일기熱河日記』「도강록渡江錄」

중의 한 대목이다.

　장님은 못 보니까 눈앞의 광경에 질투를 내고 말고 할 것도 없다. 마음이 편안하다. 눈이 늘 문제다. 사람들은 대충 보고 겉만 봐서 판단에 착오를 일으킨다. 차라리 장님이 되면 마음에서 편견이 걷혀 사물을 객관적으로 볼 수 있지 않겠는가?

　일반적으로 정의의 여신은 왼손에는 저울을, 오른손에는 검을 들고 서 있다. 저울은 법의 공평한 적용을, 검은 준엄한 집행을 나타낸다. 게다가 그녀는 천으로 눈을 가린 모습으로 종종 등장한다. 감각의 유혹에 빠지지 않는 공정성을 상징한다.

　눈을 가리면 볼 수가 없는데 공정성이 보장될까? 그녀의 눈가리개는 1494년 알브레히트 뒤러Albrecht Dürer가 제작한 목판화에 처음 등장한다는 주장이 있다. 궤변으로 소송을 일삼아 사법기관의 업무를 마비시키는 브로커들을 풍자하기 위해 눈을 가렸다는 것이다. 앞도 못 보면서 저울과 칼을 들고 선 우스꽝스러운 모습으로 무력한 법 집행을 희화화했다. 이 그림이 전 유럽에 퍼지면서 어느 순간 원래의 풍자적 의미는 지워지고 법의 공정성을 나타내는 의미로 바뀌었다고 한다.

　눈은 자꾸 착각을 일으켜 바른 판단을 방해한다. 하지만 음대 입시에서 커튼을 쳐놓고 연주하게 한다고 입시 부정이 근절되던가? 연암도 답답해서 한 소리지 정말로 장님이 부러워 한 말은 아니었다. 우리나라 대법원 앞 정의의 여신상은 검 대신 법전을 들고 높이 의자에 앉아 있다. 법 앞에 만민이 평등하다는 의미일 터. 그런데 검이 없고 자세가 편해서일까? 준엄함이 보이지 않는다. 그녀는 눈을 가리고 있지 않지만 자꾸 인정에 휘둘릴 것만 같다.

임기응변

기미를 타서 변화에 부응한다

|

臨機應變

기機는 목木과 기幾를 합한 글자다. 원래는 복잡한 장치로 된 기계를 말한다. 처음엔 쇠뇌를 발사하는 방아쇠를 뜻했는데, 나중에는 이런저런 기계장치를 가리키는 말로 썼다. 이 글자가 들어간 어휘를 보면 대부분 이것과 저것이 나뉘는 지점과 관련된다. 기계장치에 방아쇠를 당기면 순간적으로 엄청난 변화가 일어난다. 단순한 동작의 전후로 일어나는 변화는 예측이 어렵다. 선택의 기로에서 어떤 판단을 하느냐가 성공과 실패를 가른다.

기機는 미세해서 기미機微요, 비밀스러워서 기밀機密이다. 하늘의 기밀은 천기天機니 이것은 함부로 누설하면 안 된다. 기를 잘못 다루면 위험해서 위기危機가 온다. 하지만 이 기가 모여 있는 지점은 기회機會의 순간이기도 하다. 기지機智가 있는 사람은 위기를 기회로 만들고, 실기失機하면 기회는 금세 위기로 된다. 그래서 사람은 기민機敏하게 판단해서 임기응변臨機應變을 잘해야 한다. 임기응변은 흔히 쓰듯 그때그때 적당히 임시방편으로 넘어가는 것이 아니다. 잘 나가다가 갈림길을 만나 선택을 해야 할 때, 그 상황에서 가장 알맞은 선택을 한다는 의미다.

사람은 때로 진득하니 대기待機할 줄도 알아야 하고, 기의 방향을 돌려 전기轉機를 마련하는 여유도 필요하다. 그러려면 적절한 계기契機에 기선機先을 제압해야 한다. 투기投機는 내 기회를 한꺼번에 던지는 것이다. 특히 기략機略을 발휘할 필요가 있다. 어떻게 하면 내게 이로운 수가 생길까 궁리하는 마음은 기심機心이다. 옛 선비들은 기심 버리는 것을 큰 공부로 알았다. 그것이 망기忘機다. 섣불리 기교機巧만 부리려 들면 제 몸을 망치고 집안을 망친다. 추기樞機는 문을 여닫는 장치인 지도리다. 지도리가 뻑뻑하면 문이 안 열린다. 가톨릭의 추기경樞機卿은 교회의 중요한 일을 열고 닫는 결정권을 지닌 존재다. 군대의 기밀을 담당하는 기관은 기무사機務司다.

뜻밖에 우리 생활 주변에 기가 들어간 한자 어휘가 많다. 어찌 보면 현대인의 경쟁력은 결국 이 기機의 장악 여부에 달려 있다고 해도 과언이 아니다. 한자는 이렇듯 한 글자만 제대로 알아도 파생되는 의미가 무궁하다. 급수를 나누는 한자 검정 시험은 낱글자를 익히는 데만 치중하다 보니, 한자 어휘의 이런 연쇄적 의미 사슬을 흔히 무시해버린다. 맥락을 놓친 채 무조건 외우라고만 가르친다.

분별을 잃자 분간이 어렵다

|

朦朧春秋

박지원이 『열하일기』「피서록避暑錄」에서 최성대崔成大(1691~?)의
「이화암노승가梨花菴老僧歌」의 두 구절을 인용했다.

오왕吳王이 연극 보다 상투 보고 울었고
전수錢叟는 머리 깎고 사필史筆에 의탁했지.
吳王看戲泣椎結　錢叟爲僧托麟筆

오왕은 오삼계吳三桂다. 청에 투항해 명 멸망에 조력한 후 제 욕심을
채우려고 다시 난을 일으켰던 인물이다. 전수는 전겸익錢謙益이다. 청

조에 투항해서 자청해 머리를 깎았던 훼절의 아이콘이다. 최성대는 절의로 말할 가치조차 없는 두 인물을 두고, 오삼계가 명대의 상투머리를 한 연극 무대 위 인물을 보고 감개에 젖어 눈물을 흘리고, 전겸익은 머리는 비록 깎았지만 속으로는 춘추의 사필史筆를 휘둘러 명나라 역사를 서술했다고 추켜세웠다. 무슨 대단한 인물이라도 되는 듯이 높였다.

명을 배반해 오랑캐에게 나라를 팔아넘긴 자가 연극배우의 상투를 보고 울었다니 그런 코미디가 없다. 제 머리 깎아 절의를 꺾은 자가 춘추의 필법을 말한다는 것이 당키나 한가. 박지원은 "우리 속담에 사물에 어두운 것을 '몽롱춘추朦朧春秋'라 한다. 이는 우리나라 사람들이 『춘추』 얘기 하는 것을 좋아하나 몽롱하기가 이러한 종류와 같은 것이 많으니, 어찌 만인滿人들의 조소를 입지 않겠는가?"하며 답답해했다. 제법 그럴법해 보여도 따져보면 전혀 동이 닿지 않는 말이다. 제 딴에는 제법 유식한 체 한 소리가 앞뒤 맥락이 없어 우습다.

춘추의 필법은 엄정했다. 허투루 보이는 동사 하나도 상황에 따라서 가려 썼다. 한 예로 군대의 싸움도 세력이 비등하면 공攻, 강자가 약자를 치면 벌伐, 잘못을 응징함은 토討, 천자가 나선 전쟁은 정征으로 구분하는 식이다. 정벌과 토벌, 공벌, 정토의 뜻도 낱글자의 의미가 반영되어 가리키는 의미가 제가끔 다르다. 그저 풀이하면 모두 친다는 뜻이지만 표현만 봐도 전쟁의 성격이 분명히 드러났다.

기준은 명분이다. 명분이 무너져 분간이 흐려지면 그게 바로 몽롱춘추다. 꼭 해야 할 일과 해서는 안 될 일을 구분 못하면 세상이 그 틈에 어지러워진다. 해야 할 일은 안하고 안 해야 할 일을 하면 망조가 든다. 분간을 세우는 것이 먼저다.

이미 지나간 일은 탓하지 않겠다

旣往不咎

노나라 애공哀公이 재아宰我에게 사社에 대해 묻자 재아가 대답했다. "하후씨는 소나무를 썼고, 은나라 사람은 잣나무를 썼습니다. 주나라 사람은 밤나무를 썼는데, 백성을 전율戰栗케 하려는 뜻입니다." 『논어』 「팔일八佾」에 나온다. 나무의 종류가 달라진 것은 토질 차이일 뿐 밤나무를 써서 백성들을 두렵게 하려는 것이 아니었다.

공자께서 이 얘기를 듣고 어이가 없어 이렇게 말씀하셨다. "이뤄진 일이라 말하지 않고〔成事不說〕, 끝난 일이라 충고하지 않는다〔遂事不諫〕. 이미 지나간 일이라 탓하지 않겠다〔旣往不咎〕." 기왕불구! 이미 지나간 일은 허물 삼지 않겠다. 뱉은 말을 주워 담을 수는 없으니 더 이상 말은 않겠지만 한심하기 짝이 없다는 말씀이다. 깊은 책망의 뜻이 담겨 있다.

성대중이 「성언醒言」에서 이를 받아 말했다.

공자께서 '이미 지나간 것은 탓하지 않는다'고 하신 말씀은 다만 한 때에 적용되는 가르침일 뿐이다. 지난 일을 탓하지 않는다면 장래의 일을 어찌 징계하겠는가? 일을 그르쳤는데도 책임을 묻지 않고, 직분을 저버렸는데도 죄주지 않는다면 되겠는가? 공이 있는 자에게 상을 주고 허물이 있는 자에게 벌을 주는 것은 나라가 흥하는 까닭이다. 선한 이를 표창하고 악한 이를 징계함은 풍속이 바르게 되는 이유다. 이미 지난 일이라 하여 내버려둘 수 있겠는가? 나라를 망친 대부와 싸움에 진 장수는 벌써 지나간 일인데도 확포麡圃에서 활쏘기 할 때 쫓겨남을 당했으니, 이것이 참으로 만세의 법이다.

仲尼所云, 旣往不咎, 此特一時之訓耳. 往之不咎, 來者奚懲. 僨事而無責, 溺職而無誅, 可乎? 信賞必罰, 國所以興也. 彰善癉惡, 俗所以正也. 其可以旣往而置之也. 亡國之大夫, 僨軍之將, 事固往矣. 見擯於麡圃之射, 此眞萬世之法也.

잘못을 앞에 두고 이미 지나간 일이고 내가 한 일이 아니라고 덮어두면 안 된다. 잘못을 바로 잡지 않으면 반성도 없고 진실이 은폐된다. 확상포麡相圃에서 활쏘기 할 때 일이다. 공자는 제자 자로에게 화살을 나눠주게 하면서 말씀하셨다. "싸움에 진 장수와 나라를 망친 대부, 제 부모를 두고 남의 후사가 된 자는 들어오지 못하게 하라." 이미 지난 잘못의 책임을 물어 사례射禮의 출입을 엄격하게 막았다. 기왕불구는 하도 한심해 한 말씀이지 지난 일을 문제 삼지 않겠다고 하신 말씀이 아니다.

정인매리

치수를 믿지 말고 네 발을 믿어라

鄭人買履

정현鄭縣에 사는 복자卜子가 아내에게 바지 한 벌을 새로 짓게 했다. "새 바지를 어찌 지을까요?" "지금 입고 있는 헌 바지와 꼭 같게 만들어주구려." 그녀는 새 옷감을 일부러 헐게 만들어 낡은 바지로 만들어주었다. 편한 바지를 입으려다 낡은 바지를 얻었다.

어른이 먼저 마셔야 젊은이가 따라서 마시는 것은 술자리의 예다. 노나라의 젊은이가 어른을 모시고 술을 마셨다. 어른이 술을 들이켜다 말고 속이 불편했는지 술을 토했다. 예의 바른 젊은이가 그 모습을 보고 저도 따라 토했다. 송나라의 젊은이도 배우기를 즐거워했다. 어른들이 술잔을 남김없이 비우는 것을 보고는 제 주량도 가늠하지 않고 단숨에 들이켰다가 쭉 뻗어버렸다. 배우려는 열의는 가상했지만 배울 것을 못 배웠다.

『서경書經』에서 "묶고 또 맨다〔紳之束之〕"라 한 대목을 읽고, 송나라 사람이 허리띠를 묶은 위에 하나를 다시 덧대어 맸다. "여보 그게 웬 꼴이오?" "『서경』에 묶고 또 매라 한 말도 모른단 말이오? 나야 그대로 따를밖에." 말귀를 못 알아들으면 열심히 한다는 게 일을 외려 그르친다.

정나라 사람이 신을 사러 장에 갔다. 그는 먼저 발 치수를 쟀다. 막상 장에 갈 때는 치수 적어둔 종이를 깜빡 잊고 집에 둔 채 나왔다. 그가 신발 장수에게 말했다. "여보게! 내가 발 치수 적어둔 종이를 깜빡 두고 왔네. 내 얼른 가서 가져옴세." 그가 바삐 집으로 돌아가 종이를 가지고 시장으로 돌아왔다. 하지만 신발 장수는 이미 가게 문을 닫은 뒤였다. 곁에서 보던 이가 물었다. "어째서 직접 신어보질 않았소?" "자로 잰 치수는 믿을 수 있지만, 내 발을 믿을 수가 있어야지." 정인매리鄭人買履, 즉 정나라 사람이 신발 사는 이야기다.

『한비자韓非子』의 「외저설外儲說」에 나오는 일화들이다. 편한 바지를 입 쟀더니 헌 바지를 지어준다. 열심히 배웠지만 엄한 것만 배웠다. 책대로 했는데 망신만 샀다. 곧이곧대로 열심히 하는 것이 중요하지 않다. 제대로 똑바로 하는 것이 긴요하다. 직접 신어볼 생각은 없고 맨날 치수 적은 종이만 찾다 보면 백날 가도 신은 못 산다. 백성을 위한다는 선량들의 나랏일 하는 꼴이 맨날 이 모양이다. 맨발로 겨울 나게 생겼다.

소굴대신

조금 굽혀 크게 편다

|

小屈大伸

당나라 유종원柳宗元이 진사 왕참원王參元의 집에 화재가 났다는 소식을 듣고 편지를 썼다. "집이 다 탔다는 말을 듣고 처음엔 놀라고 중간에는 의심하다가 나중에는 크게 기뻐하였소. 장차 위로하려다가 외려 축하를 드리오." 불난 집에 부채질 하는 것도 아니고 축하가 웬 말인가? 김흥락金興洛(1827~1899)은 「답조원가答趙圓可」에서 "크게 형통하기 전에 조금 굽힘이 있다[以大亨之先有小屈也]"는 의미니, 이번 불행을 장차 크게 형통할 조짐으로 알아 상심을 털고 전화위복의 계기로 삼으라는 뜻이라고 풀이했다.

강희맹姜希孟(1424~1483)도 당시 골치 아픈 일이 많던 황해도관찰사로 나가게 된 승지 이경동李瓊同에게 준 글에서 사람들이 이번 임명을 좌천이라고 말하지만 "성상의 숨은 속뜻에 소굴대신小屈大伸의 이치가 담긴 줄은 모른다"고 적었다. 어려운 일을 맡겨 그 처리를 보고 장차 큰일을 맡기려는 깊은 뜻이니 낙심치 말고 더 분발하라는 격려였다.

정경세鄭經世(1563~1633)는 옥당 시절 올린 시무차時務箚에서 변방의 중요성을 강조한 뒤 끝 부분에 이렇게 적었다. "전하께서 자신을 굽혀 욕됨을 참는 까닭이 어찌 조금 굽힘으로써 크게 펴고, 잠깐 욕됨을 가지고 오래 영예롭기를 생각함이 아니겠습니까〔殿下之所以屈己忍辱者, 豈不以小屈思所以大伸, 暫辱思所以久榮乎〕?"

소굴대신小屈大伸, 조금 굽혀 크게 편다. 잠욕구영暫辱久榮, 잠깐 욕되고 오래 영예롭다. 조금 굽히고 잠깐 욕됨을 참아야 비로소 큰일을 할 수 있는 경륜과 역량이 깃든다. 세상은 전부 아니면 전무全無라며 사생결단하고 싸운다. 너 죽고 나 죽자는 싸움은 어느 한쪽이 죽어도 끝나는 법이 없다. 남북의 다툼도 여야의 싸움도 대신大伸의 의욕만 넘치지 소굴小屈의 물러섬이 없다. 한번 물러서면 완전히 지는 것으로 아는 대통령, 너도 한번 당해봐라며 오기만 키우는 야당, 임명자의 당부에도 뜻을 꺾지 않는 장관. 굽혀야 뻗고 물러서야 내닫으며 양보할 때 더 얻는 소굴대신의 이치는 아무도 돌아보지 않는다. 국민의 삶의 질만 나날이 팍팍하다.

유언혹중

무리는 헛소리에 혹한다

|

流言惑衆

　말이 많아 탈도 많다. 쉽게 말하고 함부로 말한다. 재미로 뜻 없이 남을 할퀸다. 할큄을 당한 본인은 선혈이 낭자한데, 아무도 책임지지 않는다. 죽어야 끝이 날까? 요즘 악플은 죽은 사람조차 놓아주지 않는다. 이유가 없다. 그냥 재미있으니까.

　송나라 때 이방헌李邦獻이 엮은 『성심잡언省心雜言』을 읽었다. 몇 구절에 밑줄을 긋는다.

　　말로 남을 다치게 함은 예리하기가 칼이나 도끼와 같다.
　　꾀로 남을 해치는 것은 독랄하기가 범이나 이리와 한가지다.

말은 가려 하지 않을 수 없고, 꾀도 가려 하지 않을 수 없다.

以言傷人者, 利如刀斧. 以術害人者, 毒如虎狼. 言不可不擇, 術不可不擇也.

남을 다치게 하고 남을 해코지하는 말이 너무 많다. 처지가 바뀌면 고스란히 자기에게 돌아온다.

강변하는 자는 잘못을 가려 꾸미느라고
허물을 고칠 수 있다는 사실을 모른다.
겸손하고 공손한 사람은 다툴 일이 없어
선함으로 옮겨갈 수 있음을 안다.

强辯者飾非, 不知過之可改. 謙恭者無諍, 知善之可遷.

잘못을 해놓고 깨끗이 인정하는 대신 변명하는 말만 늘어놓으면 허물을 고칠 기회마저 영영 놓치고 만다.

사람이 과실이 있으면 자기가 반드시 알게 되어 있다.
제게 과실이 있는데 어찌 스스로 모르겠는가?
시비를 좋아하는 자는 남을 검속하고,
우환을 두려워하는 자는 자신을 검속한다.

人有過失, 己必知之. 己有過失, 豈不自知. 喜是非者, 檢人, 畏憂患者, 檢身.

잘못해놓고 저만 알고 남은 모를 줄 안다. 알고도 모른체해주는 것이다. 남의 시비를 자꾸 따지지 마라. 쌓여가는 제 근심이 보이지 않는가?

귀로 들었어도 눈으로 직접 보지 않은 것은 덩달아 말해서는 안 된다. 유언비어는 대중을 미혹시킬 수 있다〔流言惑衆〕. 만약 그 말만 듣고 후세에 전한다면 옳고 그름과 삿됨과 바름이 실지를 잃게 될까 걱정이다.

耳雖聞, 目不親見者, 不可從而言之. 流言可以惑衆. 若聞其言, 而貽後世, 恐是非邪正失實.

스쳐 들은 말을 진실인 양 옮기고 다니지 마라. 시비와 사정邪正이 실다움을 잃을까 겁난다. 글로 쓰면 그 죄가 더 크다. 걷잡을 수가 없다. 마지막 한마디.

말을 많이 해서 이득을 얻음은
침묵하여 해가 없음만 못하다.
多言獲利, 不如黙而無害.

다변이 늘 문제다. 말이 말을 낳는다.

순인자시

허물을 못 고치면 비웃음만 남는다

―

詢人者是

　제나라 왕이 활쏘기를 좋아했다. 왕은 신하들이 강궁强弓을 잘 쏜다고 말해주면 아주 흡족해했다. 실제 그가 쏜 활은 3석石에 불과했지만, 좌우에서 아첨하느라 굉장히 센 9석짜리 강궁이라고 칭찬했다. 왕은 그 말을 믿고 자기가 진짜 9석의 강궁을 잘 쏘는 줄로 믿었다. 윗사람이 칭찬만 원하는지라 신하들은 거짓말로 칭찬해주었다. 그것이 끝내 거짓인 줄 모르니 허물을 고칠 기회가 없고 종내 남의 비웃음만 사고 만다.

　안동 사람 이시선李時善이 멀리 남쪽 바닷가로 갔다. 돌아오는 길에 날은 저물고 비까지 내리는 바람에 왔던 길을 놓치고 말았다. 길 가던

이에게 묻자 왼쪽으로 가라고 했다. 자기 생각에는 암만해도 오른쪽이 맞는 것 같았다. 고개를 갸웃하며 왼쪽 길로 가니 마침내 바른 길이 나왔다. 한번은 북쪽으로 여행을 갔다가 돌아오는 길이었다. 어두운 새벽에 고개를 넘는데, 틀림없지 싶어 묻지도 않고 성큼성큼 갔다. 막상 가보니 엉뚱한 방향이었다. 그가 말했다.

스스로 옳다고 여긴 것은 잘못되었고〔自是者非〕, 남에게 물은 것은 올발랐다〔詢人者是〕. 길은 정해진 방향이 있는데 의혹이 나로 말미암아 일어났으니 땅의 잘못이 아니다.

지혜로운 사람은 자신의 졸렬함을 쓰지 않고 어리석은 사람의 능한 바를 쓴다고 했다. 요순堯舜은 남에게 묻기를 잘했다. 그렇다고 그들이 요순보다 훌륭했던 것은 아니다. 능력을 과신해서 자기가 하는 일은 문제가 없다고 여기는 순간 독선에 빠져 실수가 생긴다.

난리가 나서 사람들이 피난길에 올랐다. 장님이 절름발이를 등에 업고, 그가 일러주는 길을 따라 달아나 둘 다 목숨을 건졌다. 장님은 두 다리가 성하고 절름발이는 두 눈이 멀쩡했다. 둘은 서로의 장점을 취해 위기를 벗어날 수 있었다. 이시선이 쓴 「행명行銘」이란 글에 나오는 내용이다. 『성호사설星湖僿說』에 실려 있다.

그는 이렇게 덧붙인다. "스스로 고명하다 자처하여 아랫사람에게 묻는 것을 부끄러워하면서 늘 남을 이기려고만 들면, 어찌 능히 모르는 것을 제대로 알 수 있겠는가?" 리더의 귀가 얇아 이리저리 휘둘리는 것은 큰 문제지만, 쇠귀에 경 읽듯 남의 말을 도무지 안 듣는 것은 더 큰 문제다. 툭 터져 시원스러워야 리더십이 발휘된다. 내가 못나 남의 말 듣는 것이 아니다.

시비의 가늠
109

큰일에 작은 흠은 따지지 않는다

———

唯才是擧

승상 조조曹操에게 수하의 화흡和洽이 말했다.

　천하 사람은 재주와 덕이 저마다 다릅니다. 한 가지만 보고 취해서는 안 됩니다. 검소함이 지나친 경우 혼자 처신하기는 괜찮아도 이것으로 사물을 살펴 따지게 하면 잃는 바가 많습니다. 오늘날 조정의 의논은 관리 중에 새 옷을 입거나 좋은 수레를 타는 사람이 있으면 청렴하지 않다고 말합니다. 모습을 꾸미지 않고 의복은 낡아 헤진 것을 입어야 개결介潔하다고 말하지요. 그러다 보니 사대부가 일부러 옷을 더럽히거나 수레와 복식을 감추기에 이르고, 조정 대신이 밥을 싸들고 관청에 들어오기까지 합니다. 가르침을 세우고 풍속을 살핌은 중용을 중히 여깁니다. 오래 계속할 수가 있기 때문입니다. 이제 한몫으로 감당키 어려운 행실만을 높여 다른 길을 단속하니, 힘써 이를 행하느라 반드시 지치고 피곤할 것입니다. 옛날의 큰 가르침은 인정을 통하게 하는 데 힘썼을 뿐입니다. 무릇 과격하고 괴이함을 행하면 감추고 속이는 짓이 용납될 것입니다.

조조가 옳다 여기고 영을 내렸다.

맹공작孟公綽은 조나라나 위나라 같이 큰 나라의 원로가 되기는 충분하나, 등나라나 설나라 같은 작은 나라의 대부가 될 수는 없다. 반드시 청렴한 뒤라야 쓸 수 있다고 한다면 제나라 환공이 무엇으로 세상을 제패하였겠는가? 너희는 나를 도와 다소 부족해도 고명한 이를 드러내어 역량만으로 천거하라〔唯才是擧〕. 내가 이를 쓰리라!

『통감通鑑』에 나온다. 큰 사람을 뽑을 때 작은 흠을 따지기 시작하면 온전할 사람이 하나도 없다. 청렴이 훌륭해도 무능과 맞바꾸면 안 된다. 욕먹을까봐 명품 백 감춰두고 싸구려 들고 다니거나 외제 차 놓아두고 국산 중고차 타고 다니는 것은 검소가 아니라 속임수다. 방법이 바르고 정도가 넘치지 않는다면 비싼 물건을 살 수도 있고 외제 차를 몰 수도 있다. 청백리 정신을 지킨다는 것이 가식과 위선을 부르면 가증스럽다.

어느 일본학 전공학자가 학술 모임에서 툭 던지던 말이 생각난다.

"일본의 경우 막부의 번주藩主가 꾸미지 않고 허름하게 다니면 쇼군을 욕보이는 행동으로 간주하여 처벌됩니다. 사무라이의 입성이 초라하면 주군의 명예를 실추시키는 일로 여기지요. 일국의 재상이 낡은 옷 입고 비 새는 집에서 사는 것만 미덕으로 알면 나라의 체면은 뭐가 됩니까?"

마음을 비워 공정하게 살핀다

虛心公觀

퇴계가 허엽許曄에게 보낸 편지에서 말했다.

　　그대의 편지에서 이른바 경솔하게 선배의 잘못을 논한다고 한 것
은 분명 까닭이 있어 나온 말일 겝니다. 저 같은 사람도 이 같은 병
통이 있을까 염려하여 마땅히 행동을 고치려고 생각 중입니다. 다만
주자께서 비록 이를 경계하였지만 도학상의 착오나 잘못된 곳을 논
변할 때는 터럭만큼도 그저 지나가지 않았습니다. 선배라 하여 덮어
가려주지 않았습니다.

　　示及蓮坊書, 其所謂輕論先輩之病, 此必有爲而發. 如某者恐或有此

病, 爲之悚惕, 當思改轍. 但朱先生雖有此戒, 及其論辨道學差誤處, 纖
毫不放過. 不以前輩而有所掩覆.

다산은 이 편지를 읽고 나서 이렇게 소감을 적었다.

　퇴계 선생께서 이색과 정몽주, 김굉필과 조광조 등 여러 군자에
대해 모두 논한 것이 있다. 잘못된 점은 때로 감추지 않았다. 이는
진실로 지극히 공정하고 바른 마음에서 나왔다. 개인적으로 좋아한
다 하여 덮어주거나 가려주지 않았다. 하지만 선생의 시대에는 말하
는 사람이 공정하게 하면 듣는 사람도 공정하게 들었다. 근세에는
당습黨習이 고질이 되어, 사사로이 좋아하는 바를 높여, 주견이 없고
배움이 부족한 사람을 종사宗師로 떠받든다. 사사로이 미워하는 바
를 배척해서, 덕 높은 훌륭한 학자도 곡사曲士라며 물리친다. 말하기
나 듣기 모두 공정하기가 쉽지 않다.
　先生於牧隱, 圃隱, 寒暄, 靜菴諸君子, 俱有所論. 而其差欠處, 間
亦不諱. 此固出於大公至正之心, 不敢以私好而有所掩覆也. 然先生之
時, 言之者以公言, 聽之者以公聽. 近世黨習痼, 尊其所私好則諛聞末
學, 奉爲宗師, 斥其所私惡則碩德醇儒, 擯之爲曲士. 言之未易公, 聽之
亦難公.

「도산사숙록陶山私淑錄」에 나온다. 또 「김매순에게 보낸 답장」에서는
이렇게 썼다.

옛 주석이라 해서 다 옳지 않고, 후대 학자가 새롭게 논한 것이라 하여 다 그른 것도 아닙니다. 마땅히 허심공관虛心公觀, 즉 마음을 비워 공정하게 살펴 시비의 참됨을 따져야지, 세대의 선후를 살피고 연대만을 따져 따를지 말지를 판단하는 것은 옳지 않습니다.

知古注未必盡是, 後儒新論未必盡非. 唯當虛心公觀, 以察是非之眞, 不宜按世次考年紀, 以斷其從違也.

옳고 그름에 대한 가치판단은 허심공관의 태도라야 마땅하다. 당파에 따라 편을 갈라 당동벌이黨同伐異, 곧 한편이면 무리 짓고, 다르면 일제히 달려들어 공격하는 행태는 시비를 전도시키고, 바른 판단을 흐리게 만든다. 이 모든 것에 사심이 개재된다. 다산의 통탄처럼 학문의 세계뿐 아니라 정치판에서도 '허심탄회虛心坦懷'라는 네 글자를 더 이상 찾아볼 수 없게 되었다. '당해봐라'와 '두고 보자'의 엇갈림이 있을 뿐 시비의 소재나 논의의 공정성에는 아무도 관심이 없다.

견양저육

이름에 속지 말고 실상을 꿰뚫어야

|

汧陽猪肉

견양汧陽 땅의 돼지고기는 각별히 맛있기로 소문이 났다. 다른 데서
나는 돼지고기와는 차원이 다르다는 평이었다. 소동파蘇東坡가 하인을
시켜 견양에서 돼지 두 마리를 사오게 했다. 하인이 돼지를 사러 떠난
동안 그는 초대장을 돌려 잔치를 예고했다. 한편 견양의 돼지를 사가
지고 돌아오던 하인이 도중에 그만 술에 취하는 바람에 끌고 오던 돼
지가 달아나버렸다. 난감해진 그는 다른 곳에서 돼지 두 마리를 구해
견양에서 사온 것이라고 거짓말을 했다.

잔치는 예정대로 열렸다. 손님들은 이 특별한 맛의 통돼지 요리를
극찬했다. 이렇게 맛있는 돼지고기는 처음 먹어본다며, 역시 견양의

돼지고기는 수준이 다르다고 입이 닳도록 칭찬했다. 자리를 파하면서 소동파가 말했다. "여러분! 맛있게 드셔주니 참 고맙소. 하지만 여러분이 지금 드신 돼지고기는 견양의 것이 아니요. 저 녀석이 이웃 고깃간에서 사온 것인 모양이오. 쩝쩝!" 사람들이 모두 머쓱해졌다.

대구 사람 하징河澄이 키우는 작은데 뚱뚱하고 다리까지 저는 나귀를 샀다. 몇 해를 잘 먹이자 서울까지 7백 리를 나흘 만에 달리는 영물이 되었다. 묵는 곳마다 사람들이 이 희한하게 생긴 땅딸보 나귀에 호기심을 나타냈다. 하징이 장난으로 말했다. "이건 왜당나귀요. 왜관에서 산 놈이요." 값을 물으면 터무니없이 비싼 값을 불렀다. 모두 수긍할 뿐 도대체 의심하는 법이 없었다. 돈을 그보다 더 줄 테니 팔라는 사람도 여럿 있었다.

뒤에 하징이 사실을 말하자 모두 속았다며 떠났다. 그 뒤로는 아무도 그 나귀를 거들떠보지 않았다. 하징이 말했다. "세상 사람이 이름을 좋아해서 쉬 속기가 이와 같구나. 말이라 하면 귀하게 여기지 않고, 나귀라 해야 귀하게 치고, 우리나라 것이라 하면 그러려니 하다가 왜산이라 하면 난리를 치니." 조구명趙龜命(1693~1737)의 「왜려설倭驢說」에 나온다. 하징은 왜소한 당나귀〔矮驢〕란 말을 일본 당나귀란 뜻의 왜려倭驢라고 장난을 쳤다. 사람들은 이름에 속아 부르는 값을 묻지 않았다.

견양이란 이름에 속고 왜려란 말에 현혹되어 실상을 제대로 못 보면, 나중에 실상이 드러났을 때 민망한 노릇을 겪게 된다. 허망한 이름만 쫓지 말고 실상을 꿰뚫어보는 지혜의 안목이 필요하다.

추연가슬

역량으로 안 쓰면 아첨으로 섬긴다

———

墜淵加膝

　연암 박지원이 면천군수 시절, 충청감사가 연분年分의 등급을 낮게 해줄 것을 청하는 장계를 누차 올렸지만 번번이 가납되지 못했다. 다급해진 감사가 면천군수의 글솜씨를 빌려 다시 장계를 올렸다. 연암이 지은 글이 올라가자 그 즉시 윤허가 떨어졌다. 감사는 연암을 청해 각별히 대접하고 은근한 뜻을 펴보였다.

　하루는 감사가 연암에게 도내 수령의 고과 점수를 매기는 종이를 꺼내놓고 함께 논의할 것을 청했다. 채점을 받아야 할 당사자에게 채점을 같이 하자고 한 셈이다. 감사로서는 특별한 후의를 보이려 한 일이었다. 민망해진 연암은 갑자기 아프다는 핑계로 자리를 피해 면천으로 돌아와버렸다. 감사는 연암의 태도에 모욕감을 느꼈다. 나는 저에게 속마음을 주었건만, 저가 어찌 저리 도도한가? 연암을 따라간 아전을 붙잡아 벌을 주고, 인사고과도 "치적은 구차하지 않지만, 병이 교묘히 발동한다"는 평과 함께 낮은 등급을 주었다. 애정이 바뀌어 미움으로 변한 것이다. 연암은 사직서를 쓰고 휴가를 청한 뒤 서울로 올라와버렸다.

이때 일을 적은 연암의 글 중에 추연가슬墜淵加膝이란 말이 보인다. 원래는 『예기禮記』 「단궁檀弓」에 나오는 자사子思의 말이다.

지금의 군자가 사람을 쓸 때는 마치 무릎에 앉힐 듯〔加膝〕이 하다가, 물리칠 때는 못에 빠뜨릴 듯〔墜淵〕이 한다.
今之君子, 進人若將加諸膝, 退人若將墜諸淵.

추연가슬은 예쁠 때는 제 무릎 위에라도 앉힐 듯 살뜰하게 굴다가 내칠 때는 깊은 연못에 밀어 넣듯 뒤도 안 돌아본다는 의미다. 사람을 쓸 때 애증이 죽 끓듯 왔다 갔다 하는 것을 가리키는 뜻으로 쓴다.

논공행상의 시절이 왔다. 윗사람의 용인법은 역량을 가지고서라야지 미쁘고 미운 감정을 가지고 해서는 안 된다. 예쁘다고 무릎 위에 척 앉히면 다른 사람들도 역량이 아닌 아첨으로 섬기려 든다. 무릎 위에 앉는 것을 기뻐할 일도 아니다. 언제 못에 빠질지 알 수가 없다. 『시경詩經』 진풍秦風 「권여權輿」에도 이런 말이 보인다.

내게 잘 차린 음식이 가득터니

지금은 매 끼니조차 빠듯하네.

아아, 처음과 다르도다.

於我乎 夏屋渠渠 今也每食無餘 于嗟乎 不承權興

　진秦나라 임금이 선비 대접을 이랬다저랬다 하는 것을 풍자했다는
노래다.

각곡유목

좋은 것을 배우면 실패해도 남는다

刻鵠類鶩

후한後漢의 명장 마원馬援에게 형이 남긴 조카 둘이 있었다. 이들은 남 비방하기를 즐기고 경박한 협객들과 어울려 지내기를 좋아했다. 멀리 교지국交址國에 나가 있던 그가 걱정이 되어 편지를 보냈다. 간추린 내용은 이렇다.

나는 너희가 남의 과실 듣기를 부모의 이름 듣듯 했으면 좋겠다. 귀로 들더라도 입으로 옮겨서는 안 된다. 남의 잘잘못을 따지기 좋아하고 바른 법에 대해 망령되이 시비하는 것은 내가 가장 미워하는 일이다. 죽더라도 내 자손이 이런 행실이 있다는 말은 듣고 싶지가 않다. (중략) 용백고龍伯高는 돈후하고 신중해서 가려낼 말이 없다. 겸손하고 검소하며 청렴해서 위엄이 있다. 그래서 내가 그를 아끼고 무겁게 여긴다. 너희는 그를 본받거라. 두계량杜季良은 호걸로 의리를 좋아한다. 남의 근심을 함께 근심하고 남의 기쁨을 같이 기뻐한다. 맑고 흐림에 잃음이 없다. 부친의 장례 때 그가 손님을 청하자 몇 고을에서 일제히 왔다. 내가 그를 애지중지한다. 하지만 너희는 그를 본받아서는 안 된다. 백고는 본받으면 그렇게 되지 못하더라도 삼가고 조심하는 사람은 될 수 있다. 이른바 고니를 새기려다 안 되어도 오리와는 비슷하다〔刻鵠類鶩〕는 것이다. 하지만 계량을 배우다가 잘못되면 천하에 경박한 사람이 되고 말 것이다. 이른바 범이라고 그렸는데 안 되고 보니 도리어 개와 비슷하게 되었다〔畫虎成狗〕는 격이 되고 만다.

吾欲汝曹聞人過, 如聞父母之名. 耳可得聞, 口不可得言也. 好論議人長短, 妄是非正法, 此吾所大惡也; 寧死, 不願聞子孫有此行也. (중략) 龍伯高敦厚周愼, 口無擇言, 謙約節儉, 廉公有威. 吾爱之重之. 願汝曹效之. 杜季良豪俠好義, 憂人之憂, 樂人之樂, 淸濁無所失. 父喪致客, 數郡畢至. 吾爱之重之, 不願汝曹效也. 效伯高不得, 猶爲謹敕之士, 所謂刻鵠不成, 尚類鶩者也. 效季良不得, 陷爲天下輕薄子, 所謂畫虎不成, 反類狗者也.

『후한서後漢書』「마원전馬援傳」에 나온다.

각곡류목刻鵠類鶩과 화호성구畫虎成狗의 성어가 여기서 나왔다. 똑같이 배워 본떴는데 결과가 판이하다. 고니〔鵠〕와 오리〔鶩〕는 다르지만 겉모양은 큰 차이가 없다. 같은 기러기목 오리과에 속하는 종류다. 저는 애써 범이라고 그렸는데 남이 줄무늬 있는 똥개로 본다면 피차에 민망하다. 목표를 잘 잡아야지 실패해도 건질 것이 있다. 잘못 따라 하면 범 아닌 개, 호걸 아닌 양아치가 된다.

유협劉勰이 『문심조룡文心雕龍』 「비흥比興」편에서 말했다.

비슷한 것끼리 견주는 것이 비록 많지만
꼭 맞는 것을 귀하게 친다.
만약 고니를 새겨 오리와 비슷하게 되면
건질 것이 없다.
比類雖繁, 以切至爲貴. 若刻鵠類鶩, 則無所取焉.

좋은 것을 본뜨면 실패해도 얻는 것이 있다. 폼나고 멋있다고 잘못 흉내 내면 그것으로 몸을 망친다. 열심히 하는 것이 중요하지 않다. 무엇을 보고 어떻게 배우느냐가 더 중요하다.

채
봉
채
비

작은 재주와 큰 역량이 다 필요하다

|

采封采菲

　전국시대 맹상군孟嘗君이 초나라로 갔다. 초왕이 상아로 만든 상床을 신하 등도직登徒直을 시켜 선물로 전하게 했다. 등도직이 맹상군의 문인 공손술公孫述을 찾아갔다.

　"상아상은 값이 천금이오. 조금만 흠이 가면 처자식을 다 팔아도 변상할 수가 없소. 이 심부름을 하지 않게 해준다면 선대로부터 내려오는 보검을 그대에게 바치겠소."

　공손술이 허락하고 들어가 맹상군에게 말했다.

　"상아상을 받으시렵니까?"

　"무슨 말이냐?"

"작은 나라들이 나으리께 재상의 인印을 바치는 것은 그들의 어려움을 능히 건져줄 수 있기 때문입니다. 그래서 나으리의 의리와 청렴함을 사모해 마지않습니다."

"그렇겠지."

"그런데 처음 온 초나라에서부터 상아상을 받으시면, 다음에 갈 나라에서는 무엇으로 나으리를 대접한답니까?"

"맞는 말이다."

맹상군은 상아상을 사양하고 받지 않았다.

공손술은 신이 나서 밖으로 나왔다. 맹상군이 그를 다시 불러세웠다.

"자네 무슨 기분 좋은 일이 있는 모양일세."

공손술이 하는 수 없어 사실대로 고했다. 맹상군이 글씨 판을 가져오래서 그 위에 크게 썼다.

"내 이름을 날리고, 내 허물을 그치게 할 수 있다면 개인적으로 밖에서 보물을 얻은 자라도 괜찮다. 빨리 들어와 바른 말로 간하라."

사마광司馬光은 『자치통감資治通鑑』에 이 일을 두고 이런 평을 내렸다.

맹상군은 간언을 받아들일 줄 알았다고 할 만하다. 진실로 그 말이 옳으면 비록 간사한 속임수를 품고 있더라도 오히려 이를 받아들였다. 하물며 삿됨 없이 충성을 다해 윗사람을 섬기는 사람이야 말해 무엇 하랴! 『시경』에서 '순무를 캐고 무를 캠은 뿌리만 위함이 아니다(采葑采菲, 無以下體)'라고 했는데, 맹상군이 바로 그렇다.

무슨 말인가? 순무와 무는 뿌리를 먹으려고 기르는 채소다. 뿌리가 부실하다고 무청까지 내다 버리는가? 시래기로 만들면 무만큼은 아니어도 요긴하게 먹을 수 있다. 큰일을 하려면 적재적소에 인재가 필요하다. 작은 재주와 큰 역량이 다 소중하다. 이것 가리고 저것 따지면 할 수 있는 일이 없다. "명주실과 삼실이 있어도 왕골과 기령 풀을 버리지 말라〔雖有絲麻 無棄菅蒯〕"고 한 옛말도 있다. 뿌리가 시원찮아도 잎이 있지 않은가? 저마다 쓰임이 다른 것이다.

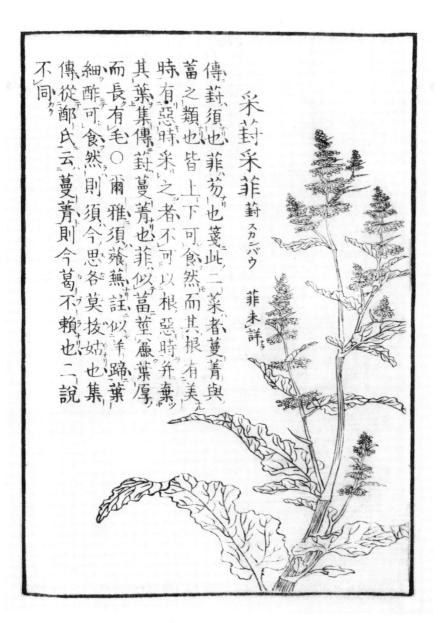

采葑采菲 葑 スカンバウ 菲未詳

傳葑須也菲芴也葰此二菜者蔓菁與
葍之類也皆上下可食然而其根有美
時有惡時采之者不可以根惡時幷棄
其葉集傳葑蔓菁也菲似葍莖厤葉厚
而長有毛○爾雅須薞蕪註似羊蹄葉
細酢可食然則須今思各莫拔姑也集
傳從郚氏云蔓菁則今葛不賴也二說
不同

일본 강원봉岡元鳳이 펴낸 『모시품물도고毛詩品物圖攷』 중 「채봉재비采葑采菲」 항목

꿈보다 해몽이 좋다

—

郢書燕說

우암 송시열 선생께서 손자를 가르치다가 영 속이 상하셨던 모양이다. 손자에게 주는 시 두 수를 남겼다. 그중 둘째 수.

내가 직접 모범 보여 손자 교육 못하니
타일러도 우습게 아는 것이 당연하다.
내 말은 그래도 성현의 말씀이고
네 자질은 다행히 못난 사람 아니로다.
맹상군이 무릎 꿇이 어이 뿌리 때문이랴
영서郢書의 거촉舉燭으로 어진 신하 길 열었네.

선생 비록 바르지 않다손 치더라도
네 덕을 새롭게 함 어이 방해되겠느냐?
我教小孫不以身　宜其邈邈此諄諄
余言而自聖賢說　汝質幸非愚下人
趙相采菲豈下體　郢書擧燭開賢臣
雖云夫子未於正　於爾何妨德日新

　공부 안 한다고 야단하자 "아빠는 잘 했어요?"라고 대꾸하는 연속
극의 한 장면 같다. 할아비가 행동으로 보여주지는 못했어도 새겨두면
피가 되고 살이 될 성현의 말씀인데, 열심히 익혀 실천에 옮기면 좀 예
쁘겠느냐는 말씀이다. 5구 맹상군의 '채봉채비采葑采菲' 고사는 앞글에
서 설명했다. 영서郢書의 거촉擧燭 운운한 6구의 맥락이 궁금하다.
　초나라 영郢 땅에 사는 사람이 연나라 재상에게 편지를 썼다. 한밤중
이라 글씨가 잘 보이지 않자 곁에 서 있던 하인에게 "등불을 들어라[擧
燭]"라고 말했다. 그러고는 무심결에 이 두 글자를 맥락 없이 써넣었
다. 연나라 재상이 그 편지를 받아 읽다가 '거촉擧燭'이란 두 글자에 이
르러 문맥이 탁 막혔다. 도대체 무슨 말인지 알 수가 없었다. 그는 혼
자 궁리했다. "등불을 들어 올리란 말은 밝음을 숭상한다는 뜻이겠지.
그렇구나! 어진 이를 천거하여 임용하라는 말이렷다." 그는 기뻐하며
이 말로 왕에게 아뢰었다. 왕이 그 말에 따라 어진 이를 등용하면서 연
나라가 크게 다스려졌다. 편지를 보낸 이의 본래 의도는 그게 아니었
는데 꿈보다 해몽이 좋아 결과마저 흐뭇했다.
　이것이 영서연설郢書燕說에 얽힌 사연이다. 영 땅 사람이 잘못 써서

보낸 편지(郢書)에 연나라 재상이 그럴듯한 설명(燕說)을 덧붙이면서 벌어진 해프닝이다. 본래 뜻과 달리 멋대로 가져다 붙인 견강부회의 의미로 쓴다. 찰떡 같이 말해도 개떡으로 알아듣기 일쑤인데, 반대의 경우라면 그런대로 괜찮다. 엉터리 풀이라도 결과가 좋았다면 굳이 탓할 일이 못되는 걸까? 그게 조금 궁금하기는 하다. 『한비자』「외저설外儲說」에 나온다.

지미무미

지극한 맛은 아무 맛도 없다

—

至味無味

    유명한 냉면 집을 안내하겠다 해서 갔더니 집에서 멀지 않은 곳이었다. 맛을 보곤 실망했다. 좋게 말해 담백하고 바로 말해 밍밍했다. 네 맛도 내 맛도 없었다. 전국에서 다섯 손가락 꼽는다는 냉면 집 맛이 학교 앞 분식집만도 못했다. 나처럼 실망한 사람이 적지 않았던 모양이다. 그 집 벽에 순수한 재료로만 육수를 내서 처음 맛보면 이상해도 이것이 냉면 육수의 참맛이라는 설명이 붙어 있었다. 여러 해 전 일인데도 가끔 생각난다. 감미료로 맛을 낸 육수 국물에 길들여진 입맛들이 얼마나 투덜댔으면 주인이 그런 글을 써 붙일 생각을 했을까? 그래도 사람들이 여전히 줄을 서서 찾는 걸 보면 맛을 아는 사람이 적지 않은 모양이다.

세상 사는 맛은 진한 술과 식초 같지만 지극한 맛은 맛이 없다.
맛없는 것을 음미하는 사람이 일체의 맛에서 담백해질 수 있다.
담백해야 덕을 기르고 담백해야 몸을 기른다.
담백해야 벗을 기르고 담백해야 백성을 기른다.
世味醲醶, 至味無味. 味無味者, 能淡一切味.
淡足養德, 淡足養身, 淡足養交, 淡足養民.

『축자소언祝子小言』에 나온다.
  자극적인 맛에 한번 길들면 덤덤한 맛은 맛 같지도 않다. 고대의 제
사 때 올리는 고기국인 대갱大羹은 조미하지 않았다. 현주玄酒는 술이
아니라 맹물의 다른 이름이다. 아무것도 조미하지 않았지만 모든 맛이
그 안에 다 들어 있다. 당장에 달콤한 맛은 결국은 몸을 해치는 독이
된다.

진한 술, 살진 고기, 맵고 단 것은 참맛이 아니다.
참맛은 단지 담백할 뿐이다.
신통하고 기특하며 탁월하고 기이한 것은 지극한 사람이 아니다.
지극한 사람은 다만 평범할 따름이다.
醲肥辛甘非眞味, 眞味只是淡. 神奇卓異非至人, 至人只是常.

『채근담菜根譚』의 한 구절이다. 참맛은 절대 자극적이지 않다. 깨달

은 사람은 깨달은 태를 내지 않는다.

　사람들은 신기한 것만 대단한 줄 알고, 자극적인 맛만 맛있다고 한다. 담백은 맛없다고 외면당하고, 평범은 한몫에 무능으로 몰아 무시한다. 공자께서 탄식하셨다. "먹고 마시지 않는 사람이 없건만, 능히 맛을 아는 자는 드물다〔人莫不飮食也. 鮮能知味也〕." 선거철마다 각종 공약이 난무하고 장밋빛 청사진이 황홀하다. 그럴법해 보이는 것일수록 가짜다. 달콤함에 현혹되면 안 된다. 평범과 담백의 안목이 필요하다.

책과 관련된 네 가지 바보

書中四痴

"빌리는 놈 바보, 빌려주는 놈 바보, 돌려달라는 놈 바보, 돌려주는 놈 바보〔借一痴, 借二痴, 索三痴, 還四痴〕." 책 빌리기와 관련해 늘 우스개 삼아 오가는 네 가지 바보 이야기다. 당나라 때 이광문李匡文이 『자가집資暇集』에서 처음 한 말이다. 송나라 때 여희철呂希哲도 『여씨잡기呂氏雜記』에서 "책을 빌려주는 것과 남의 책을 빌려와서 돌려주는 것은 둘 다 바보다〔借書而與之, 借人書而歸之, 二者皆痴也〕"라고 했다. 한번 이 말이 유행한 뒤로 천하에 남에게 책을 빌려주려 들지 않는 나쁜 풍조가 싹텄다. 공연히 귀한 책을 빌려주고 나서 책 잃고 사람 잃고 바보 소리까지 듣고 싶지 않아서다.

명나라 때 육용陸容이 격분해서 말했다. "책을 남에게 빌려줌은 인현仁賢의 덕이다. 책을 빌려가서 돌려주지 않음은 도적의 행실이다. 어찌 바보로 지목할 수 있는가?" 백번 지당한 말이다. 남의 귀한 책을 빌려다가 떼어먹은 것을 자랑 삼아 말하는 것은 빌려준 사람의 후의를 짓밟는 파렴치한 짓이다. 책 빌려준 것은 생각나는데 정작 당사자가 생각나지 않을 때, 빌려줄 당시 바로 돌려줘야 한다고 당부까지 한 기억마저 생생하면 신의를 저버린 데 대한 분노는 물론, 당장에 찾고 싶은 내용을 볼 수 없는 답답함에 화가 난다. 이광문의 한마디 말이 책 안 돌려주는 자에 대한 면죄부가 된 셈이니, 그 말의 해독이 더 없이 크다.

실은 이 네 가지 바보 이야기는 원래 뜻과는 정반대로 오해된 표현이다. 남송 때 엄유익嚴有翼은 "옛날에는 책을 빌릴 때 술병〔瓻〕에 술을 채워서 갔다. 책 빌릴 때 나오는 두 '치痴' 자는 '치瓻' 자로 써야 맞다"고 했다. 고대에는 책을 빌리러 갈 때 부탁의 뜻으로 술 한 병을 들고 가고, 책을 돌려줄 때 감사의 표시로 다시 술 한 병을 가져갔다는 것이다. 그런데 술병을 뜻하는 '치瓻' 자가 누군가의 장난으로 음이 같은 바보란 뜻의 '치痴'로 바뀌었고, 이 말이 퍼지면서 이런 경박한 풍조를 양산하게 되었다는 뜻이다. 입증할 용례가 옛 문헌에 많이 나온다.

망문생의望文生意! 글자만 보고 제멋대로 풀이한 해독의 여파가 자못 크다. 빌린 책은 술 한 병 들고 가서 예를 갖춰 돌려주는 것이 맞다. 술은 없어도 좋으니 좋은 말 할 때 빌려간 내 책도 돌려주기 바란다.

쉬 변하는 사귐의 정태

交情交態

한나라 때 하규下邽 사람 적공翟公이 정위廷尉 벼슬에 있었다. 빈객이 문 앞을 늘 가득 메웠다. 자리에서 밀려나자, 그 많던 손님의 발길이 뚝 끊겨 대문 앞에 참새 그물을 칠 정도였다. 얼마 후 그가 원직에 복귀했다. 빈객의 발길이 다시 문 앞에 줄을 섰다. 적공은 말없이 대문 앞에 방문을 써 붙였다.

한 번 죽을 뻔하고 한 번 살아나자 사귐의 정을 알겠고
한 번 가난하다가 한 번 부자가 되매 사귐의 태도를 알겠다.
한 번 귀하게 되고 한 번 천하게 되자 사귐의 정이 드러났다.

一死一生, 乃知交情. 一貧一富, 乃知交態. 一貴一賤, 交情乃見.

사마천의 『사기』 중 「급정열전汲鄭列傳」에 나온다. 찾아온 자들이 뜨끔해서 물러났다.

추사 김정희는 「세한도제발歲寒圖題跋」에서 이곳이 다하면 사귐도 멀어지는 염량세태炎凉世態를 통탄하며 적공의 방문榜文이 박절하기 짝이 없다고 했다. 전후 할 것 없이 방문객의 목적은 자신들의 이곳에 있었지 적공이 좋아서가 아니었다. 뻔한 이치인데 새삼 방문까지 써 붙여 나무란 것은 피차 민망하지 않느냐는 얘기다.

참 기가 막힐 일이 아닌가? 잘 나갈 때는 입속의 혀처럼 비굴하게 굽신대던 자들이 실족하여 미끄러지자 거들떠도 안 본다. 그때 가서 내가 고작 이런 인간이었던가 하고 탄식한들 무슨 소용인가. 적공은 속물들에게 분풀이할 기회라도 가졌지만, 한번 밀려난 권력은 대부분 참새 그물 속에 갇힌 채 끝이 나니 문제다.

가깝게 지내던 집안 서숙庶叔이 면앙정俛仰亭 송순宋純에게 말했다. "지방에서 올라온 재상 중에 죽어 서소문으로 나가는 사람은 봤지만 살아 남대문으로 나가는 사람은 여태 못 보았네." 벼슬길에 한번 발을 들이면 죽기 전에는 권력을 놓지 않으려 들기에 한 말이었다. 뒤에 송순이 고향으로 돌아갈 때 서숙이 강가로 배웅을 나왔다. 송순이 말했다. "제가 이제 제 발로 남대문을 나갑니다." 그러고는 뚜벅뚜벅 남대문을 나서며 뒤도 돌아보지 않았다. 허균許筠의 『성옹지소록惺翁識小錄』에 나온다. 권력이란 허망한 것이다. 방문을 써 붙이는 분풀이가 소용없다. 더 큰 욕을 보기 전에 제 발로 툴툴 털고 걸어나가는 게 맞다.

심원의마

원숭이와 말처럼 날뛰는 생각
|
心猿意馬

사도세자의 문집 『능허관만고凌虛關漫稿』를 읽다가 「심심」이란 제목
의 시에 눈이 멎었다.

날뛰는 맘 억누르기 어려워 괴롭거니
들판 비워 기旗를 들면 적이 침범 못하리.
묵은 거울 다시 갊도 원래 방법 있나니
경재잠敬齋箴을 창중하게 일백 번 외움일세.
心猿意馬苦難禁 淸野搴旗敵不侵
古鏡重磨元有術 百回莊誦敬齋箴

그는 마음이 괴로운 사람이었다. 가눌 길 없는 마음을 추스르기에 힘이 겨웠던 모양이다. 먼저 1,2구. '날뛰는 맘'의 원문은 '심원의마心猿意馬'다. 마음은 원숭이처럼 제멋대로 돌아다니고, 생각은 미친 말인 양 길길이 날뛴다. 꽉 붙들어 지수굿이 눌러두려 해도 잠시도 가만있지 못한다. 청야淸野, 즉 들판을 깨끗이 비운다는 것은 전쟁에 앞서 들판의 곡식을 베고 집을 헐어, 적이 양식을 구하지 못하고 쉴 곳을 얻지 못하게 하는 것이다. 즉 마음을 비운다는 의미다. 깃발을 높이 든다는 것은 보통은 적 지휘부의 깃발을 빼앗는다는 뜻이지만, 여기서는 깃발을 높이 들어 일사불란한 명령 체계를 적에게 보여준다는 의미로 썼다. 날뛰는 마음은 비워서 가라앉히고, 들레는 마음은 추슬러 진정시킨다. 그러면 적이 쳐들어와도 끄떡없다.

다시 3,4구. 고경古鏡은 낡아 녹슨 구리거울이다. 거울도 마음의 비유다. 녹슨 거울은 사물을 못 비춘다. 때가 긴 마음은 외물을 받아들이지 못한다. 어찌해야 하나. 정성껏 다시 갈아서 본래의 제 빛을 찾아주어야 한다. 거울을 가는 방법은 주희朱熹가 지은 「경재잠」을 1백 번 쯤 장중하게 소리 내서 외우며 천천히 갈면 된다. 마음이 급해 성급하게 갈면 표면이 긁히고 상해 아예 못 쓰게 되기 쉽다.

주희는 「경재잠」에서 이렇게 말했다.

문 나서면 손님 같이
일할 때는 제사 지내듯.
전전긍긍 조심하여
감히 쉽게 하지 말라.

입 지킴은 물병 막듯
뜻 막음은 성채인 양.
조심조심 살피어서
감히 가벼이 하지 말라.
出門如賓 承事如祭 戰戰兢兢 罔敢或易
守口如瓶 防意如城 洞洞屬屬 毋敢或輕

　이렇게 조심조심 힘을 빼고 되풀이해서 마음 밭을 갈면 잃었던 빛이 다시 환하게 돌아온다. 영대靈臺가 맑아진다. 사람들은 원숭이나 말처럼 제멋대로 날뛰는 제 마음은 안 돌아보고, 저마다 아무 일 없는 세상을 구하고 말겠다며 온통 난리다.

「집복헌필첩集福軒筆帖」에 실린 사도세자의 글씨, 수원화성박물관 소장

재여부재

쓸모 있음과 쓸모없음의 사이

|

材與不材

한영규 씨의 『조희룡과 추사파 중인의 시대』(학자원 간)에 조희룡趙熙龍의 『향설관척독초존香雪館尺牘鈔存』이 실려 있다. 운치 있는 짧은 편지 글 모듬이다. 그중 한 편인 「계숙에게[與季叔]」란 글을 읽어본다.

돌의 무늬나 나무의 옹이는 모두 그 물건의 병든 곳이지요. 하지만 사람들은 이를 아낍니다. 사람이 재주를 지님은 나무나 돌의 병과 한가지입니다. 자신은 아끼지 않건만 다른 사람이 아끼는 바가 됩니다. 하지만 오래되면 싫증을 내니, 도리어 평범한 돌이나 보통의 나무가 편안하게 아무 탈 없는 것만 못하지요. 사람의 처세는 재

材와 불재不材의 사이에 처하는 것이 좋습니다.

　石有暈. 木之甃, 皆物之病也, 而人愛之. 人之有才, 如木石之病, 不
自愛而爲人所愛. 久則見厭, 反不如凡石閒木之自在無恙矣. 人之處世,
可將處材不材之間.

햇무리 진 돌은 수석壽石 대접을 받아 좌대 위에 모셔진다. 나무의
울퉁불퉁한 옹이는 사람으로 치면 암세포 같은 종양이다. 이런 것이
많아야 분재盆栽감으로 높이 쳐준다. 그뿐인가. 없는 옹이를 만들려고
철사로 옭죄고, 좌대에 앉히겠다며 멀쩡한 아랫부분을 잘라낸다. 나무
나 돌의 입장에서는 재앙을 만난 셈이다. 게다가 사람들은 금방 싫증
을 낸다. 얼마 못 가 좀 더 신기한 것이 나오면 거기에 혹해 거들떠보
지도 않는다. 재주를 파는 일은 늘 이렇다. 붕 떴다가 급전직하 추락한
다. 그때 가서 평범한 돌, 보통의 나무를 부러워해도 늦었다.

　재여부재材與不材, 즉 쓸모 있음과 쓸모없음의 사이에 처하란 말은
『장자』「산목山木」편에서 따왔다. 산길 옆 큰 나무를 나무꾼이 거들떠
보지도 않고 지나간다. 연유를 묻자 옹이가 많아 재목으로 못 쓴다는
대답이 돌아왔다. 그날 밤 친구 집에 묵었다. 주인이 오리를 잡아오게
했다. 하인이 묻는다. "잘 우는 놈과 못 우는 놈 중 어느 놈을 잡을까
요?" "못 우는 놈을 잡아라." 이튿날 길을 나선 제자가 질문한다. "선
생님! 어제 나무는 쓸모가 없어 살았고, 오리는 쓸모가 없어 죽었습니
다. 선생님은 어디에 처하시렵니까?" "응! 나? 나는 쓸모 있음과 쓸모
없음의 중간에 처할란다. 그런데 그 중간은 얼핏 욕먹기 딱 좋은 곳이
긴 하지." 재주가 늘 문제다. 중간의 위치 파악이 늘 어렵다.

승냥이가 날뛰고 멧돼지가 돌진하다

狼奔豕突

다산이 영남 선비 이인행李仁行에게 준 친필 글씨 중에 이런 내용이 있다. 긴 글을 간추려 읽는다.

편당偏黨이 나뉘면 반드시 기이한 재앙이 있게 마련이다. 우리나라의 일만 논해보겠다. 동인과 서인이 나뉘자 기축년의 옥사가 일어났고, 남인과 북인이 갈리매 북인은 마침내 큰 살육의 함정에 빠지고 말았다. 노론과 소론이 나뉘고 청남清南과 탁남濁南이 갈라서자, 죽이고 치는 계교를 펼쳐, 밀치고 배척하여 떨치지 못하였다. 말의 날카로움은 창보다 예리하고, 마음자리는 가시 돋친 납가새나 명아주보다 험하다. 뜻을 같이하는 자는 부추겨서 드넓은 길로 내보내 돕고, 뜻을 달리하는 자는 밀쳐서 구렁텅이에 몸을 빠뜨린다. 헛것을 꾸미니 패금貝錦으로 글을 이루고, 기운을 부리자 화살과 돌멩이가 비 오듯 한다. 듣는 이가 하품하고 기지개 켜는 것은 돌아보지 않고, 논하는 자가 꾸짖어 물리치는 것도 생각지 않는다. 선배의 충후한 풍도는 잃어버리고 시속의 경박한 자태만 받아들인다. 병장기를 각자 마음속에 숨겨놓고 덫을 놓아 눈앞에서도 알 수가 없다. 그 솟구쳐 부딪치는 연유를 들어보면 모두 젊은이들이 객기를 부려서 마침내 이에 이른 것이다. 만약 나이가 많은 덕 높은 이가 이들을 야단쳐서 금지시켜 감히 제멋대로 난동을 부리지 못하게 했다면 그 흐름이 어찌 마침내 여기까지 이르렀겠는가? 번번이 나는 옳고 저쪽은 그르다면서 늘 자기는 펴고 남은 꺾으려 든다면 되겠는가? 내가 비록 백번 옳고 저가 비록 백번 그르다 해도 서로 끊임없이 공격한다면 벌써 더러운 것과 결백한 것이 같아지고 만다.

190년 전에 쓴 글인데, 눈앞의 일을 예견해 말한 듯 생생하다.
멧돼지가 도심을 출몰하는 일은 이제 뉴스거리도 못 된다. 먹잇감을 찾아 아파트 단지와 운동장을 횡행하다, 먹이를 얻지도 못한 채 엽총에 맞아 비명에 죽는다. 사람들은 놀란 가슴을 쓸어내린다. 낭분시돌狼奔豕突이란 말이 있다. 이리 승냥이가 길길이 날뛰고 멧돼지가 저돌적猪突的으로 돌진하는 형국을 말한다. 무리 지어 패악을 부리며 길길이 날뛰느라 소란스런 상태를 일컫는다. 오랑캐가 중원을 휘젓고 다니는 것을 이렇게 비유했다. 피를 본 이리는 눈에 뵈는 것이 없다. 굶주린 멧돼지는 닥치는 대로 들이 받는다. 도심에 뛰어든 멧돼지는 이치로 달래서 산속으로 돌려보낼 방법이 없다.

정해진 것에 따라 꾸며 보탠다

隨定粧點

원균이 살았더라면 할 말이 아주 많았을 것 같다. 드라마든 영화든 그는 늘 술주정뱅이에 폭력적 상관으로 나온다. 이순신을 덮어놓고 괴롭히는 악역이다. 백전백승의 무적 수군을 회복불능의 상태로 몰아넣은 원흉도 그다. 그렇게 못됐고 무능력하며 권위만 내세우다 수군을 다 말아먹은 그를 국가는 어쩐 일인지 이순신과 나란히 1등공신에 책봉했다. 가당키나 한가?

이익李瀷의 『성호사설』 중 「고사선악古史善惡」이란 항목을 읽었다.

평소 역사책을 읽을 때마다 늘 의심이 생기곤 한다. 착한 사람은 너무 착하고 악한 자는 너무 못됐다. 그 당시에는 꼭 그렇지만은 않았을 터. 역사책을 쓸 때 악을 징계하고 선을 권면하려는 지극한 뜻으로 인해 그렇게 된 것이다. 지금 사람이 그저 보아 넘길 때는 착한 사람이야 진실로 그렇다 쳐도 저 악한 사람이 어찌 그토록 지독했겠는가?

常時讀史, 每疑. 善者偏善, 惡者偏惡. 在當時, 未必然. 作史, 雖因懲惡勸善之至意. 今人平地上看過, 以爲善者固當, 彼惡者, 胡此至極.

시시비비는 다 옳은 것이 없고 무조건 나쁜 것도 없다. 역사가 악인으로 낙인찍은 사람도 당대에는 썩 괜찮은 사람이었다. 선인으로 추앙되는 사람이 반대로 무능한 사람이었을 수도 있다. 성패에 따라 선악과 시비가 뒤바뀐 경우가 적지 않다는 얘기다.

「독사료성패讀史料成敗」란 항목에서는 이렇게 말한다.

역사는 성패가 이미 정해진 뒤에 쓴다. 성공과 실패에 따라 꾸미게 마련이니 이를 보면 마치 맞는 얘기 같다. 착한 사람의 허물은 모두 남의 탓으로 돌리고, 악한 사람은 반드시 그 장점을 지워버린다. 그런 까닭에 어리석고 지혜로움에 대한 판단과 착하고 악함에 대한 보답을 징험해볼 수 있을 것 같아도 전혀 알 수가 없다.

史者作於成敗已定之後. 故隨其成與敗而粧點, 就之若固當然者. 且善多諉過, 惡必棄長. 故愚智之判, 善惡之報, 疑若有可徵, 殊不知.

수정장점隨定粧點은 정해진 바에 따라 꾸며 보탠다는 말이다. 역사는 승자의 기록이다. 이긴 자는 미화되고 진 자는 악하거나 무능하게 그려진다. 결과만으로 선악과 시비를 단정해서 판단하면 안 된다. 이긴 자가 늘 선하거나 옳은 것은 아니었다. 졌다 해서 그가 악했거나 옳지 않았기 때문도 아니다. 글 끝에서 성호는 담백하게 말한다. "천하의 일은 놓인 형세가 가장 중요하고, 운의 좋고 나쁨은 그다음이며, 옳고 그름은 가장 아래가 된다." 우리는 너무 함부로 말하고 멋대로 판단한다. 그래서 실수를 반복하고 화를 자초한다. 나는 자기 말만 옳다고 우기는 사람이 제일 무섭다.

사벌등안

언덕을 오르려면 뗏목을 버려라

―

捨筏登岸

　시골 아전의 자식이었던 다산의 제자 황상黃裳은 만년에 서울로 올라와 시로 추사 형제와 권돈인, 정학연 형제 등 당대 쟁쟁한 문사들의 높은 인정을 받았다. 그들이 차례로 세상을 뜨자 그는 막막해진 심경을 벗에게 보낸 편지에서 이렇게 적었다.

　종유했던 여러 분이 차례로 세상을 뜨매, 비유컨대 다락에 올라갔는데 사다리가 치워지고〔登樓而梯去〕, 산에 들어가자 다리가 끊어진 격〔入山而橋斷〕이라 하겠습니다. 저 많은 물과 산에 지팡이와 신발을 어디로 향해야 하리까.

從遊諸公次第千古, 譬夫登樓而梯去, 入山而橋斷. 千水萬山, 笻屐從何.

다락에 올라간 사람은 그 사다리로 다시 내려와야 하고, 산에 든 사람은 다리를 되건너야 속세로 돌아올 수가 있다. 하지만 진리를 향한 걸음에는 다시 내려오는 길이 없다. "지붕에 올라간 다음에는 누가 쫓아오지 못하게 사다리를 치워야 한다. 유용한 진리는 언젠가는 버려야 할 연장과 같다." 이것은 움베르토 에코Umberto Eco가 한 말이다.

불가에서는 '사벌등안捨筏登岸'을 말한다. 언덕을 오르려면 뗏목을 버려라. 장자는 '득어망전得魚忘筌'이라고 썼다. 고기를 얻었거든 통발은 잊어라. 사다리가 없이는 언덕에 못 오르고, 통발을 써야만 고기를 잡는다. 언덕에 오른 뒤에 사다리를 끌고 다닐 수는 없다. 통발은 고기를 잡을 때나 필요하지 먹을 때는 쓸모가 없다. 뜻을 얻었거든 말을 잊어라〔得意忘言〕.

다음은 함석헌 선생이 「열두 바구니」란 글에서 한 말이다.

골리앗을 때려 넘겼기로서 조약돌을 비단에 싸서 제단에 둘 거야 없지 않은가? 위대한 것은 다윗이지 돌이 아니다. 그것쯤은 다 알면서 또 다윗은 하나님의 손이 역사의 냇가에서 되는 대로 주워든 한 개 조약돌임을 왜 모르나. 세상에 조약돌 섬기는 자 어찌 그리 많은고! 골리앗 죽었거든 돌을 집어 내던져라! 다음 싸움은 그것으론 못한다.

세상이 어지럽다 보니 산꼭대기까지 사다리 들고 가겠다는 사람이 많다. 도구일 뿐인 언어에 집착해 본질을 자꾸 망각한다. 아파 우는 자식을 마귀 들렸다고 매질해서 셋씩이나 굶겨 죽인 사이비 목사 부부의 사건에서 한 극단을 본다. 제 눈에 들린 마귀가 헛마귀를 지어낸 참극이다. 보라는 달빛은 안 보고 손가락 끝만 바라보는 광신의 광기가 잊을 만하면 한 번씩 되풀이된다. 사다리는 치워졌다. 통발을 던져라. 다윗의 조약돌은 잊어라. 손가락에서 눈을 거두고 저 환한 달빛을 보라.

쓸쓸하고 적막한 풍경

|

潮落空江

　당나라 때 이영李郢이 쓸쓸한 송강역松江驛 물가에서 저물녘에 배를
대다가 시 한 수를 썼다.

조각배에 외론 객이 늦도록 머뭇대니
여뀌 꽃이 피어 있는 수역水驛의 가을일세.
세월에 놀라다가 이별마저 다한 뒤
안개 물결 머무느니 고금의 근심일래.
구름 낀 고향 땅엔 산천이 저무는데
조수 진 텅 빈 강서 그물을 거두누나.

여기에 예쁜 아씨 옛 노래가 들려오니

노 젓는 소리만이 채릉주采菱舟로 흩어진다.

片帆孤客晚夷犹 紅蓼花前水驛秋

歲月方驚離別盡 烟波仍駐古今愁

雲陰故國山川暮 潮落空江網罟收

還有吳娃舊歌曲 棹聲遙散采菱舟

참으로 적막하고 쓸쓸한 광경이다. 조각배를 탄 나그네가 물가를 쉬 떠나지 못하는 것은 강가의 붉은 여뀌 꽃 때문만은 아니다. 둘러보니 지나온 세월은 덧없고 사랑하던 사람들은 내 곁을 다 떠났다. 산천은 자옥한 구름 속에 가뭇없이 저물고, 썰물 진 빈 강에서 어부들은 말없이 낮에 쳐둔 그물을 거둔다. 환청인가 싶게 먼 데 노 젓는 소리가 가냘프게 들리는 것만 같다. 사공은 나를 빈 강가에 내려놓고 찌꺽찌꺽 노를 저어 저문 강 저편으로 사라진다.

청나라 때 김성탄金聖嘆이 '산천은 저무는데, 그물을 거둔다'고 한 5,6구를 읽고 이런 평을 남겼다. "하루가 끝난 뒤는 이와 같을 뿐이다. 일생이 끝난 뒤도 이와 같을 뿐이고, 한 시대가 끝난 뒤도 이와 같음에 지나지 않는다." 이덕무는 김성탄의 평을 보고 또 평을 남겼다. "내가 이 말을 듣고 망연자실 드러누워 천정을 우러러보며 드넓은 흉금에 감탄하였다."『청비록清脾錄』에 나온다.

하루가 이렇게 가고, 한 인생이 이렇게 가고, 한 시대도 이렇게 물러나는 것이다. 목전의 일로 일희일비一喜一悲하며 사생결단하던 다툼이 머쓱해진다. 좀 전의 노랫가락은 환청이었을까? 그는 아주 먼 길을 돌아서 처음 자리에 다시 섰다. 하지만 그런가? 어둠이 곧 찾아들겠지만 금세 새벽은 온다. 사공은 부지런히 노를 저어 물가에 다시 배를 댈 게고 어부는 힘차게 새 그물을 칠 것이다. 고운 아가씨는 간밤의 슬픈 가락을 잊고 새 단장에 분주하리라. 이런 반복 속에서 장강대하長江大河와 같이 하루가, 일생이, 한 시대가 흘러왔다. 차분하고 담담하게 닫히고 열리는 한 시대를 본다.

겸재謙齋 정선鄭敾, 〈독좌관수獨座觀水〉, 개인 소장

세정과 속태

3
—

操心

지나친 음주의 여섯 가지 폐해

飮酒六弊

　　명나라 때 사조제謝肇淛가 『문해피사文海披沙』에서 지나친 음주가 가져오는 여섯 가지 폐단을 말했다.

　　첫째, 치신治身, 즉 몸가짐상의 '패덕상의敗德喪儀'다. 평소에 쌓아온 덕을 무너뜨리고 점잖던 거동을 잃게 만든다. 술 취한 개라더니 체면이 영 말씀이 아니다. 둘째는 대인待人상의 '기쟁생흔起爭生釁'이다. 없어도 될 다툼을 일으키고 공연한 사단을 부르는 것이 다 술기운을 못 이긴 탓이다. 셋째, 위학爲學상의 '폐시실사廢時失事'다. 공부에 힘 쏟아야 할 젊은이들이 때를 놓치고 할 일을 잃게 만드는 원흉이 술이다. 넷째, 치가治家에 있어 '초도생간招盜生姦'이다. 가장이 늘 취해 정신을 못

차리거나 걸핏하면 폭력을 휘두르니 그 틈에 도둑이 들고 간특한 일이 벌어진다. 다섯째는 임민臨民, 즉 관리가 백성을 다스림에 있어 '손위 실중損威失重'이다. 관장官長이 직임은 거들떠보지 않고 술 취해 추태를 일삼으니 위엄은 손상되고 무거움이 사라진다. 여섯째, 위정爲政상의 '전도착란顚倒錯亂'이다. 책임자가 앞으로 고꾸라지는지 뒤로 자빠지는 지도 분간을 못하니 하는 일마다 뒤죽박죽 엉망진창이 될 게 뻔하다.

앞의 네 가지는 자신과 집안에 생기는 문제이고, 뒤의 두 가지는 나라에 누를 끼치는 망동이다. 술은 어떤 사람이 마시는가? 그는 이어지는 글에서 두 경우를 꼽았다. 하나는 '고한고객苦寒孤客', 즉 춥고 괴로운 나그네가 소우消憂하기 위해서다. 술이라도 안 마시면 가슴속에 쌓인 시름을 풀 길이 없다. 다른 하나는 '수금죄인囚禁罪人', 즉 죄를 짓고 갇혀 지내는 사람이 그저 날이나 보내자고 할 때다.

술로 인해 벌어지는 사단이 너무 많다. 전 청와대 대변인은 손위실 중으로 나라 망신을 시키더니 이제 와서 흔적도 찾을 수 없고, 유망한 야구선수는 무면허 음주운전에 뺑소니까지 더해 패덕상의를 넘어 패가망신을 하게 생겼다. 아들이 취중 폭력을 일삼는 아버지를 찌르려든 기쟁생혼은 남의 일이 아니다. 강도와 성범죄에 자신을 내맡기는 초도생간도 남녀가 어울려 새벽까지 이어지는 과도한 술자리 탓이다. 나그네와 죄인도 아니면서 무슨 근심이 그리 많고, 그럭저럭 때워야할 시간이 어찌 이다지도 많은가?

퇴불우인

나아감은 제 힘으로 물러날 때는 깨끗이

退不尤人

영광靈光 사는 강씨 성의 토호가 이웃 백성을 곤장으로 때리며 자주 괴롭혔다. 견디다 못한 백성이 그를 다른 일로 밀고했다. 그는 제 세력을 믿고 사또 앞에서도 기세등등하다가 곤장을 맞고 나와 갑자기 죽었다. 그의 후처 이씨가 전처소생의 아들과 함께 밀고한 백성을 칼로 찔러 죽이고 관가에 자수했다.

새로 부임한 사또 임상원林象元이 모자를 의롭게 여겨 보고를 올렸다. 영조는 모자를 함께 좋은 곳에 유배 보내고, 그 마을에 효자와 열녀의 정문旌門을 세우게 했다. 유배지인 하동으로 가는 길가에 사람이 구름처럼 모여들어 공경을 표했다. 노자로 준 돈만 수백 금이었다.

모자는 하동河東 고을 포교인 박부장朴夫長의 집에 묵었다. 그는 음탕한 자였다. 이씨의 미모에 흑심을 품었다. 그의 집은 방이 하나뿐이라 아랫목 윗목으로 나눠 거처했다. 박부장은 일부러 마누라와 음란한 짓을 자행하여 이씨의 음심淫心을 도발해 마침내 사통하여 임신을 시켰다. 고향에 휴가를 다녀온 아들이 사실을 알고 그길로 관가에 고발하니, 이씨는 박부장의 아내가 되려고 사실대로 자백했다.

결국 조정에까지 보고되어 이씨는 흑산도에 종으로 유배 가게 되었다. 가는 길에 그녀는 창기처럼 음란한 짓을 자행했다. 아들은 어미를 고발한 죄로 강계江界에 유배 갔다. 효자문과 열녀문은 철거되었다. 성대중의 『청성잡기靑城雜記』에 나온다. 남편의 원수를 갚고 유배 갈 때 그녀는 살인 죄인이면서도 고개를 빳빳이 세우고 한 점의 부끄러움이 없었다. 음란한 짓을 저질러 귀양 갈 때는 창기보다 천한 짓을 서슴지 않았다. 그녀는 한때 분명히 열녀였지만, 잠깐 만에 만인의 손가락질을 받는 음녀로 내려앉았다.

성대중은 다른 글에서 이렇게 말했다.

> 나아갈 때는 남의 도움을 받지 않고
> 물러날 때는 남을 탓하지 않는다.
> 進不藉人, 退不尤人.

제 힘으로 나아가야 걸림 없이 떳떳하다. 물러날 때는 제 탓으로 돌리는 것이 옳다. 남의 형세를 빌어 얻은 자리는 걸리는 것이 많다. 그 결과 일이 잘못되어도 남 탓만 한다. 한때의 환호와 박수가 차디찬 냉소와 모멸로 변하는 것은 잠깐 사이다. 열녀와 음녀의 거리는 멀지가 않다. 사람의 진퇴가 참 어렵다.

느림의 여유는 내 마음속에 있다

紅塵碧山

조선시대 김씨 성을 가진 사람이 삼전도를 건너며 지었다는 시다.

바야흐로 백사장에 있을 적에는
배 위 사람 뒤처질까 염려하다가,
배 위에 올라타 앉고 나서는
백사장의 사람을 안 기다리네.
方爲沙上人 恐後船上人
及爲船上人 不待沙上人

막 떠나려는 나룻배를 향해 백사장을 내달릴 때는 자기만 떼어놓고 갈까봐 조마조마 애가 탔다. 겨우 배에 올라타 앉고 나자, 저만치 달려오는 사람은 눈에 안 보이고 왜 빨리 출발하지 않느냐며 사공을 닦달한다는 것이다. 이덕무의 『이목구심서』에 나온다.

발을 동동 구르며 쫓기듯 하루가 간다. 아무 일 없이 가만있으면 불안하다. 금세 뭔 일이 날 것 같고 나만 뒤쳐질 것 같다. 조급증은 버릇이 된 지 오래다. 조금만 마음 같지 않아도 울화가 치밀어 분노로 폭발한다. 몇 분을 못 기다려 50대는 햄버거를 종업원의 얼굴에 집어 던지고, 담배 안 판다고 10대가 60대를 폭행한다. 술 취한 40대 여교사는 속옷까지 벗고 경찰관에게 난동을 부린다. 나날은 외줄타기 광대처럼 아슬아슬하다. 폭발 직전이다.

순간의 욕망을 못 참아 인명을 해치고, 울컥하는 칼부림으로 인생을 그르친다. 술만 먹으면 고삐 풀린 이글거림이 멀쩡하던 사람을 짐승으로 바꿔버린다. 배운 사람이나 안 배운 사람이나 같다. 지위의 높고 낮음도 차이를 모르겠다. 지나고 나면 왜 그랬나 싶은데 돌이켜봐도 그 까닭을 알 수 없다.

유만주兪晩周가 자신의 일기 『흠영欽英』에서 이렇게 썼다.

일이 없으면 하루가 마치 일 년 같다. 이로써 일이 있게 되면 백년이 일 년 같을 줄을 알겠다. 마음이 고요하면 티끌세상〔紅塵〕이 바로 푸른 산속〔碧山〕이다. 이로써 마음이 고요하지 않으면 푸른 산속에 살아도 티끌세상과 한가지일 줄을 알겠다. 하루를 일 년처럼 살고 티끌세상에 살면서 푸른 산속처럼 지낸다면, 이것이야말로 장생

불사의 신선일 것이다.

無事則一日如一年. 以此知有事則百年猶一年也. 心靜則紅塵是碧山. 以此知心不靜則碧山亦紅塵也. 一日一年, 紅塵碧山, 則便是長生久視之仙矣.

미래의 경쟁력은 속도에 있지 않다. 속도를 제어하는 능력에 달렸다. 느림의 여유는 내 마음에 있다. 깊은 산속에 있지 않다. 쫓아오는 것 없이 빨라진 시간에 강제로라도 경고 카드를 내밀어 속도를 늦춰야 한다. 허둥대는 것을 빠른 것으로 착각하면 안 된다. 속도가 아니라 방향이 중요하다.

소년급제

차곡차곡 밟아 올라간 성취라야

少年及第

조선조 최연소 대과 급제자는 고종 때 이건창李建昌(1852~1898)이다. 1866년 강화에서 치러진 별시 문과에서 만 14세로 급제했다. 이 신동을 놓고, 조정에서는 너무 일찍 급제했다 하여 4년간 더 학문을 익히게 한 뒤 18세가 되어서야 홍문관직 벼슬을 제수했다. 23세 때는 충청도 암행어사로 관찰사 조병식趙秉式의 탐학을 탄핵했다가 귀양 갔다. 그는 불의와 당당히 맞서 어지러운 시대에 중심을 세우고 살다 간 구한말 최고의 문장가였다.

이덕형李德馨(1561~1613)은 31세의 젊은 나이에 예조참판과 대제학을 겸직했다. 조선 500년 동안 31세의 대제학은 이덕형이 처음이자 마지막이었다. 처음 대제학에 천거될 때 권점圈點 하나가 부족했다. 모두들 깜짝 놀랐다. 김귀영金貴榮이 웃으며 말했다. "내가 그랬네. 어린 나이에 연장자보다 먼저 대제학에 이르니 재주와 덕이 노숙해지기를 조금 기다리는 것이 어떨꼬." 덕형이 듣고 기뻐하며 감사했다.

예전에는 이렇게 인물을 키우고 단련을 시켜서 나라를 맡겼다. 이끄는 쪽이나 이끌림을 받는 편이나 조급하지 않았고 사사로움이 없었다. 한 나라의 격은 이런 무게에서 나온다. 어찌 나라뿐이랴.

역사상 최연소 교수라며 모 대학이 영입한 18세 교수가 9개월을 못 견디고 한국을 떠났다. 임용 날짜까지 조정해가며 기네스북에 오를 최연소 교수임을 강조했던 해당 대학이 머쓱해졌다. 그녀는 틀림없는 천재였겠지만 교수 능력이나 수업의 질까지 천재적이지는 못했던 모양이다. 어째 한 편의 코미디를 본 느낌이다.

대학들은 앞다퉈 영어 강의 숫자를 못 늘려서 안달이다. 급기야 시조 가사 강의까지 파란 눈의 외국인이 영어로 강의하는 세상이 되었다. '태산이 높다 하되'를 영어 강의로 듣는 맛이 어떨지 참으로 궁금하다. 어쩌다가 대학의 격이 이 지경에 이르렀는가?

뭔가 사람들을 놀래킬 만한 일을 벌이지 않고는 아무 일도 하지 않는다고 의심을 받는 세상이다. 자극적인 것에만 반응하니까 어찌 되었던 튀고 보자는 식의 발상들이 도처에서 난무한다. DJ 당시 그토록 본받으라고 외쳤던 그 많은 '신지식인'들이 지금 어디서 무얼 하기에 대학 꼴이 이런가? 정도正道를 걷는 천 근의 무게가 새삼 그립다.

안동답답

앞뒤가 꼭 막힌 답답함

|

安東沓沓

인사동 공화랑에서 2009년 6월 10일부터 열린 조선시대 서화 감상전 「안목과 안복」전에 다산 정약용 선생의 친필 서화 다섯 점이 처음 공개되었다. 전시에 앞서 이들 작품을 검토하는 안복을 누렸다. 이 중 16장 32쪽에 달하는 「송이익위논남북학술설送李翊衛論南北學術說」이란 글이 흥미로웠다. 옷감과 종이를 잘라 써내려간 다산 특유의 필치도 압권이지만, 내용이 더 인상적이었다. 1822년, 다산이 61세 때 쓴 글이다.

세자익위사世子翊衛司의 관원을 지낸 이인행李仁行은 영남의 남인이었다. 그는 65세 때 낙향하는 길에 두릉의 여유당으로 다산을 불쑥 찾았다. 두 사람은 22년 만에 감격적으로 재회했다. 반가운 해후 끝에 화제가 공부 이야기로 옮아갔다. 포문은 이인행이 먼저 열었다. 그는 서울의 학자들이 이 책 저 책 잡다하게 엮고 편집하여 장황하게 꾸미기만 할 뿐 마음의 실지 공부에는 등한한 것이 문제라며 은근히 다산을 겨냥했다.

다산도 이를 맞받아 '안동답답安東沓沓'이란 표현으로 당시 영남의 앞뒤가 꽉 막힌 학풍을 매섭게 비판했다. 자기 생각과 조금만 다르면 무조건 배척한다. 기세를 돋우지만 어거지가 많고, 따져보면 같은 얘기다. 든 것도 없이 선배를 우습게 본다. 오가는 말은 날카롭고 마음 씀은 험하다. 한편이면 어울리고 다른 편이면 함정에 빠뜨린다. 번번이 자신만 옳다며 남을 꺾으려 든다. 결국은 한 집안끼리도 서로 물고 뜯고 싸우는 지경이 되었다. 모두 젊은이들의 객기 탓이다. 이를 해결하려면 덕 높은 선생이 단 위로 올라가 꽹과리를 치면서 한 번만 더 남을 헐뜯고 비방하면 아녀자로 취급하기로 약속하고, 양측 대표가 도산서원을 찾아가 퇴계 선생의 위패 앞에 나란히 배알하고 다시는 싸우지 않겠다고 맹서하는 수밖에 없으리라고 했다.

다산은 이런 신랄한 비판을 글로 써주며 영남의 가까운 벗들과 토론해볼 것을 제안했다. 서첩 끝에는 이인행이 쓴 발문이 붙어 있다. 그는 발끈하는 대신 다산의 비판을 조목조목 짚고 나서, 서로 더욱 힘써서 노력하자는 말로 글을 맺었다. 당당히 제 주장을 펴고 남의 비판을 쿨하게 받는 두 사람의 구김 없는 태도가 흔쾌했다. 막상 다산이 지적한 병통들은 지금도 우리 사회 전반에 팽배한 문제점이 아닌가. 생각이 여기에 미치자 다시 마음이 답답해진다.

관가 돼지 배 앓는 격

|

官猪腹痛

유엽갑柳葉甲은 버들잎 모양의 쇠 미늘을 잘게 꿰어 만든다. 한 곳이 망가지면 쉬 흐트러져 쓰기가 어려웠다. 인조 때 대신들이 청나라의 제도에 따라 갑옷을 고쳐 만들 것을 건의했다. 임금은 새 갑옷이 예전 것보다 갑절이나 낫다면 몰라도 그렇지 않다면 굳이 있는 것을 훼손해 가며 개조할 필요가 있느냐고 되물었다. 국고의 낭비를 염려해서다.

방물로 납입되는 갑옷이 도무지 쓸모가 없으니 이 문제의 해결이 먼저라며 이렇게 말했다. "속담에 '관가 돼지가 배 앓는다〔官猪腹痛〕'고 했다. 누가 자주 기름을 칠하고 잘 보관해서 오래 사용하려 하겠는가?" 그러자 이시백이 자신도 이 갑옷을 하사받았는데 너무 무거워 입을 수가 없었다며 수긍했다. 예전 갑옷은 가볍고 보관이 용이해 가끔 기름 칠만 해두면 오래 쓰는 데 아무 문제가 없었다. 하지만 제 물건이 아니라고 누구도 기름칠을 하지 않고 내버려두니 유사시에 쓰려 들면 성한 것이 하나도 없었다.

관저복통官猪腹痛은 '관가 돼지 배 앓는 격'이란 우리말 속담을 한자로 옮긴 말이다. 관가에서 기르는 돼지는 배곯을 일이 없어 팔자가 편할 것 같지만 정작 배를 앓아도 아무도 보살피는 사람이 없다는 뜻이다. 어떻게 되겠지, 누군가 하겠지 하는 사이에 아픈 돼지만 죽을 맛이다.

박지원은 『열하일기』의 「구외이문口外異聞」에서 북경의 열 가지 가소로운 일(十可笑)을 소개했다. 황제 직속의 태의원太醫院에서 내는 약방문과 무고사武庫司의 칼과 창, 오늘날 검찰청에 해당하는 도찰원都察院의 법률 기강, 국자감의 학당, 한림원의 문장 등등을 꼽았다. 최고여야 할 국가기관들이 실상은 가장 형편없다는 뜻으로 한 우스갯말이다. 한나라 때 속담에 이런 것이 있다.

수재로 뽑고 보니 글을 모르고
효렴孝廉에 발탁하자 아비와 따로 산다.
擧秀才不知書. 察孝廉父別居.

명실상부名實相符가 아닌 명존실무名存實無다. 이름뿐 실지는 없는 껍데기다. 멀쩡한 갑옷에 기름칠할 생각은 않고 다 갈아엎고 새로 만들자고 한다. 내 돈 드는 것도 아닌데 뭐가 문제인가? 그 와중에 들리느니 백성들 배 앓는 소리뿐이다.

활을 너무 당기면 부러진다

弓滿則折

청나라 때 석성금石成金이 『전가보傳家寶』에서 말했다.

지금 사람들은 뜻에 통쾌한 말을 하고, 마음에 시원한 일을 하느라 온통 정신을 다 쏟아붓는다. 정을 있는 대로 다하여 조금도 남겨두지 않고, 터럭만큼도 남에게 양보하려 들지 않는다. 성에 차야만 하고 자기 뜻대로 되어야만 한다. 옛사람은 말했다. 말은 다해야 맛이 아니고, 일은 끝장을 봐서는 안 되며, 봉창에 가득한 바람을 편 가르지 말고, 언제나 몸 돌릴 여지는 남겨두어야 한다. 활을 너무 당기면 부러지고〔弓太滿則折〕, 달도 가득 차면 기운다. 새겨둘 일이다.

今人說快意話, 做快意事, 都用盡心機. 做到十分盡情, 一些不留余
地, 一毫不肯讓人. 方才燥脾, 方才如意. 昔人云, 話不可說盡, 事不可
做盡, 莫搉滿篷風, 常留轉身地, 弓太滿則折, 月太滿則虧. 可悟也.

오가는 말을 보면 그 시대의 품격이 보인다. 요즘 언어는 너무 강파
르다. 날을 세워 독랄하다. 저마다 자기 말만 옳고 남이 틀렸다고 한
다. 귀는 틀어막고 소리만 질러댄다. 대화는 없고 고성만 오간다. 경청
傾聽, 즉 귀 기울여 듣는 태도는 찾아볼 수가 없다. 하나 마나 한 말이
고 들으나 마나 한 얘기다. 그러면서도 말이 안 통해 답답하다는 얘기
는 빼먹지 않는다. 전부 아니면 전무全無여서 중간이 없다.
  그는 또 말한다.

  사람 사는 세상의 온갖 경우가 어찌 일정하겠는가?
  한 걸음 앞서 생각하면 끝날 때가 없고,
  한 걸음 물러나 생각하면 절로 남는 즐거움이 있다.
  人世間境遇何常? 進一步想, 終無盡時, 退一步想, 自有餘樂.

  남은 무조건 틀렸고 나만 반드시 옳다는 태도로는 세상에 풀릴 문제
가 없다. 상대에 대한 존중 없이는 이해는 없고 오해만 깊어진다. 신뢰
가 애초에 없고 보니 뭘 해도 불신만 가중된다.
  청나라 때 주석수朱錫綬가 『유몽속영幽夢續影』에서 말했다.

  기분 내키는 대로 얘기해도 말은 한 마디 더 적게 하라.

세정과 속태
173

발길 따라 걷되 길은 한 걸음 양보하라.

붓 가는 대로 써도 글은 한 번 더 점검하라.

任氣語少一句, 任足路讓一步, 任筆文檢一番.

머금는 뜻이 조금도 없이 배설하듯 쏟아내는 언어의 폭력 앞에 코를
막고 귀를 막고 싶어진다.

취모구자

터럭을 불어가며 흠집을 찾다

———

吹毛求疵

목은牧隱 이색李穡(1328~1396)의 「선동자영選動自詠」이란 시 중에 이런
대목이 있다.

> 늙고 낮음 탄식하여 다투어 내달려서
> 남 밀쳐내 곧바로 위태롭게 만들고자.
> 터럭 불어 흠집 찾아 서로서로 헐뜯으며
> 몸을 숨겨 모략하니 더욱 가소롭구나.
> 嘆老嗟卑競馳逐 排擠直欲令人危
> 吹毛求疵或相訐 匿影射人尤可嗤

서거정徐居正(1420~1488)은 함길도로 순행을 나선 김어사金御史를 전송한 시의 끝 두 구절에서 또 이렇게 썼다.

뒤엉킨 일 풀어낼 솜씨 있음 내 알거니
어지러이 취모吹毛함을 일삼을 필요 없네.
盤錯恢恢知有手 紛紜不必事吹毛

1456년 쿠데타 성공 이듬해 반대 세력을 역모로 몰아 일망타진하려고 조정에서 이계전李季甸 등의 처벌을 청했을 때 세조는 "이계전은 원훈元勳으로 마음이 충직하다. 죄의 정상이 드러났다면 죄주는 것이 옳으나, 정상이 드러나지 않았는데 취모구자吹毛求疵한다면, 대체大體에 손상이 있으리라" 하며 끝내 허락하지 않았다.

세 글에 모두 취모구자吹毛求疵란 말이 나온다. 짐승의 몸에 난 사소한 흠은 털에 가려 잘 보이지 않는다. 입으로 불어 헤치면 안 보이던 흠집이 드러난다. 취모구자는 남의 잘 보이지 않는 허물까지 각박하게 캐내 비난하는 것을 두고 하는 말이다. 『한비자』「대체大體」편에서 "터럭을 불어서 작은 흠집을 찾지 않고, 알기 어려운 것을 때를 씻어내면서까지 살피지 않는다〔不吹毛而求小疵, 不洗垢而察難知〕"라 한 데서 나왔다.

송강 정철의 시조 한 수.

어화 동량재棟樑材를 저리하여 어이할꼬.
헐뜯어 기운 집에 의논도 하도 할사.

뭇지위 고자자 들고 헵뜨다가 말려는가.

　동량의 재목을 어렵게 구해 기울어 위태로운 집을 바로 세우려 한
다. 그런데 작업을 진행해야 할 목수들이 일할 생각은 않고 먹통과 자
를 들고 이러쿵저러쿵 말만 많으니 장차 이 일을 어찌하느냐는 탄식이
다. 인사 청문회가 직임의 역량 검증은 뒷전이고 흠집 찾아 망신 주기
로 된 지 오래다. 자신들도 예외일 수 없는 작은 흠까지 다 꺼내 잠깐
만에 파렴치범, 인격 파탄자로 만들어버린다. 흠잡자고 드는데 안 걸
릴 사람이 없다. 피로도가 심하다.

완이이소

웃음에도 때와 격이 있다

—

莞爾而笑

굴원屈原이 추방되어 방황할 때 마음고생이 심해 예전 모습이 없었다. 어부가 귀한 분이 어째 여기서 이러고 있느냐고 묻자 그는 세상이 다 흐리고 취했는 데 자기만 맨 정신이어서 쫓겨났노라고 분노를 표출했다. 어부는 '빙그레 씩 웃고〔莞爾而笑〕' 뱃전을 두드리며 떠나가 그와 더 얘기하지 않았다. 이때 완이이소는 '아직 더 있어야겠구나' 하는 냉소를 띤 웃음이다.

공자가 제자 자유子游가 다스리던 무성武城에서 음악 소리를 듣고 빙그레 웃었다. "닭 잡는데 소 잡는 칼을 쓰는구나." 자유가 입이 나와 선생님께서 가르쳐주신 대로 했다고 하자, "그래 그래! 네 말이 옳다.

농담 한번 했다"고 대답했다. 이 완이이소는 '녀석 제법인걸' 하고 흐뭇해 흘리는 웃음이다.

빙그레 웃는 웃음이 연일 화제다. 수십 명이 죽은 중국 산시성의 교통사고 현장에서 안전감독국장이란 사람이 연신 실실 웃었다. 그 웃음에 분노한 사람들이 그가 매번 명품 시계를 바꿔 찬 사진을 찾아 고발했다. 그는 결국 뇌물수수죄로 징역 14년형을 선고받았다. 웃지만 않았어도 아무도 그의 시계에 관심을 갖지는 않았을 것이다. 한인 어머니를 79 차례나 흉기로 찔러 숨지게 한 18세 미국 소녀는 법정에서 방송 카메라를 향해 자꾸 빙그레 웃다가 모든 사람에게서 웃음을 지워버렸다. 내란 음모로 구속되는 순간까지 부부보다 다정하게 당 대표와 손을 잡고 사람 좋은 미소를 잃지 않던 현직 국회의원이 구속 하루 만에 독한 표정으로 앙칼진 욕설을 퍼붓자 사람들이 본심을 몰라 어리둥절했다.

시인 김동환의 「웃은 죄」란 시다.

지름길 묻기에 대답했지요
물 한모금 달라기에 샘물 떠주고
그러고는 인사하기에 웃고 받았지요.

평양성에 해 안 뜬대도
난 모르오.
웃은 죄밖에.

다들 웃기는 했는데 최근의 몇 웃음은 제때를 찾지 못했다.

참됨을 어지럽히고 선을 방해하는 세력

亂眞妨善

위백규魏伯珪(1727~1798)가 정원에 여러 종류의 국화를 길렀다. 그중 소주황蘇州黃이란 품종이 단연 무성했다. 빛깔도 노랗고 꽃술은 빽빽했다. 가지는 무성하고 잎새는 촘촘했다. 정원을 둘러보던 그가 갑자기 사람을 불러 소주황을 모두 뽑아버리라고 했다. 곁에 있던 객이 어찌 저 고운 꽃을 미워하느냐고 묻자 그의 대답이 이렇다.

빛깔과 모양이 좋은 국화의 품종과 비슷하고 피는 시절도 같다. 요염하고 조밀한 모습이 사람들의 눈을 기쁘게 한다. 한번 심으면 거름을 안 줘도 무성하게 퍼진다. 나눠 심지 않아도 절로 덩굴져 뻗는다. 바위틈이나 담 모서리라도 뿌리를 교묘하게 내려 토양을 썩게 하고 담장을 망가뜨린다. 안 되겠다 싶어 뽑으려 들면 뿌리가 얼키설키 엉겨 제거가 아주 어렵다. 밑동과 잔뿌리가 조금만 남아도 장마 한번 지나고 나면 다시 무성해진다. 인근 둑까지 번져 좋은 식물을 몰아내고 고운 화초를 시기해 쫓아낸다. 함께 무성해지는 꼴은 죽어도 못 본다. 마침내 온 동산을 차지해 어여쁨을 뽐내며 사람의 안목을 현혹한다.

어쩌다 뜨락에서 쫓겨나 제방 밖에 버려져도 낮고 더럽고 음습한 곳을 부끄러워하지 않는다. 등나무 넝쿨이나 가시나무와 뿌리를 서로 얽고 양보해가며 아주 겸손한 태도로 돌변한다. 꽃을 피우면 작은 방울 같이 둥근 꽃봉오리가 제법 약초밭의 분위기까지 자아낸다. 시골 사람들의 중추절 모임에서 좋은 감상 대상이 된다.

내가 이 꽃을 뽑아버리라 한 것은 그 난진방선亂眞妨善, 즉 참된 것에 대한 가치판단을 흐리게 하고, 선으로 나아가는 것을 방해하는 태도 때문이다. 공자가 말한 사이비似而非다. 피는 벼와 구분이 어렵다. 콩밭에도 비슷하면서 콩에 피해를 주는 놈이 있다. 겉은 멀쩡해도 가짜들이다. 뽑아버리는 것이 마땅하다.

『존재집存齋集』에 실린 「소주황을 배척하는 글(斥蘇州黃文)」에 나온다. 멋모르고 좋다 하다가 정원을 모두 점령당한 뒤에는 때가 이미 늦는다. 어렵게 쫓아내도 잔뿌리만으로 원상태를 회복한다. 발본색원拔本塞源함이 마땅하다.

신용어시

처음 쓸 때 삼가라

—

慎用於始

성대중이 『청성잡기靑城雜記』에서 말했다.

소인은 군자에 비해 재주가 뛰어날 뿐 아니라 언변도 좋고 힘도
세고 일도 잘한다. 일을 맡기면 반드시 해낸다. 윗사람이라면 누군
들 그에게 일을 맡기려 들지 않겠는가? 살펴야 할 것은 마음 씀씀이
다. 하지만 자취가 드러나기 전에야 가능할 수 있겠는가? 그 죄악이
다 드러나면 나랏일은 이미 그르치고 말아 구할 방법이 없다. 비록
형벌로 죽인다 한들 무슨 이익이 있겠는가? 그런 까닭에 군자는 처
음에 쓰는 것을 삼가는 것〔慎用於始〕이다.

小人之於君子, 不惟才勝之也, 言辯勝, 彊力勝, 功伐勝. 任之事必辦, 在上者, 孰不欲任使之耶? 其可議者, 心術也. 然形迹未彰, 而可憶之耶? 及其罪惡畢露, 則國事已誤, 而莫之救也. 雖加誅殛, 何益哉. 故君子愼其用於始也.

꿀 같은 말만 믿고 애초에 가려 쓰지 않으면 나중에 치러야 할 대가가 쓰다. 또 말했다.

치세에도 어찌 소인이 없겠는가?
다만 군자가 많은지라 소인이 제멋대로 날뛸 수가 없을 뿐이다.
난세라도 어찌 군자가 없겠는가?
소인이 많고 보니 군자가 도를 행할 수 없을 따름이다.
治世豈無小人, 但君子多, 而小人不得肆. 亂世豈無君子, 但小人多, 而君子不得行耳.

지금은 치세인가 난세인가? 한마디 더.

아이가 몽둥이를 쥐면 사람을 함부로 때리고,
소인이 권력을 잡으면 사람을 마구 해친다.
小兒持杖, 胡亂打人. 小人執柄, 胡亂傷人.

다음은 명나라 진헌장陳獻章(1428~1500)이 『백사자白沙子』에서 한 말이다.

사람이 일곱 자의 몸뚱이를 지녔어도, 이 마음과 이 이치를 빼면 귀하다 할 것이 없다. 한 껍데기의 피고름이 큰 덩어리의 뼈를 감싸고 있을 뿐이다. 배고프면 밥 먹고, 목마르면 마신다. 옷을 입을 줄도 알고 음탕한 욕심을 채울 줄도 안다. 가난하고 천하면 부귀를 사모하고 부귀로워지면 권세를 탐한다. 성내 다투다가 근심이 오면 슬퍼한다. 궁하면 못하는 짓이 없고 즐거우면 음란해진다. 온갖 짓을 온통 본능에만 따르다 늙어 죽은 뒤에야 그만둔다. 이런 것을 일러 짐승이라 해도 괜찮다.

人具七尺之軀, 除了此心此理, 便無可貴, 渾是一包膿血裏一大塊骨頭. 饑能食, 渴能飮, 能着衣服, 能行淫欲. 貧賤而思富貴, 富貴而貪權勢. 忿而爭, 憂而悲. 窮則濫, 樂則淫. 凡百所爲, 一信氣血, 老死而後已. 則命之曰禽獸, 可也.

세상에 짐승 같은 인간이 어찌 이리 많은가?

세심방환

마음을 씻어 근심을 막는다

|

洗心防患

최근 우리 사회에서 갑과 을의 논란이 전에 없이 뜨겁다. 늘 있어온 일인데 갑들의 잇단 안하무인격 폭력과 횡포가 드러나면서 이번 참에 제대로 공론화가 될 모양이다. 힘센 갑이 약한 을 위에 군림하며 함부로 굴어온 관행이 빚은 결과다. 함께 건너가는 공생의 파트너를 천한 아랫것 다루듯 하니 돈 버는 문제 이전에 인간적 모멸을 견딜 수가 없다. 천민자본주의의 탄식이 절로 나온다.

명나라 때 설선薛瑄은 『종정명언從政名言』에서 이렇게 말했다.

낮은 백성이 억울한데도 그 억울함이 풀리지 않는 것은 윗사람이 제대로 된 사람이 아니기 때문이다. 지위를 지닌 자는 절대로 번거롭고 싫은 일을 마다하면 안 된다. 진실로 백성의 억울함을 살피고도 일체 다스리지 않으면서 '나는 일을 덜기에 힘쓴다'고만 하면 백성이 그 죽을 곳을 얻지 못하는 자가 많아질 것이다. 어찌 경계하지 않을 수 있겠는가?

　　下民之冤抑不伸者, 由長人者之非其人也. 爲官者切不可厭煩惡事. 苟視民之冤抑, 一切不理, 曰:'我務省事.' 則民不得其死者多矣. 可不戒哉.

회사가 영업 사원을 다그치니 그는 만만한 을을 족쳐서 경영자의 기대에 맞춘다. 문제가 생기면 꿈에도 그런 줄 몰랐다며 다시는 그런 일이 없게 하겠다는 시늉만으로 대충 여론이 잠잠해지기를 기다린다. 그간의 부조리한 관행은 한 문제적 개인의 돌출 행동으로 슬쩍 덮어버린다. 이제껏 그는 실적 높은 모범 사원으로 칭찬을 받아왔을 확률이 높다. 잘한다고 부추겨놓고 그럴 줄 몰랐다는 것은 무책임하다. 일이 그렇게 되게 만든 모순의 구조는 외면한 채 한 개인에게 책임을 전가하는 모습은 보기가 딱하다. 영업 사원의 몹쓸 말보다 경영진의 비뚤어진 심성 탓이 더 크다. 우리 덕에 먹고 사니 족치면 된다. 어느 땐데 이런 못된 심보를 못 고치는가.

한강백韓康伯은 『주역』의 해설에서 재계齋戒의 뜻을 이렇게 풀이했다.

마음을 씻는 것을 재齋라 하고,
근심을 막는 것을 계戒라 한다.

洗心曰齋, 防患曰戒.

목욕재계하고 기도라도 해야 할 판이다. 당면한 근심을 막고 싶은
가? 먼저 마음을 씻어라. 그저 구차미봉苟且彌縫으로 난국만 넘겨놓고,
뒤에 가서 이번에 문제를 일으킨 사람들을 손볼 작정이라면 마음은 더
럽혀지고 근심만 걷잡을 수 없이 커질 것이다.

불위선악

선의의 훈계가 앙갚음으로 되돌아오는 세상

|

不爲善惡

　을사사화 때 임형수林亨秀(1504~1547)가 나주에서 사약을 받았다. 열 살이 못된 아들에게 말했다. "글을 배우지 말거라." 아들이 울며 나가니 다시 불러 말했다. "글을 안 배우면 무식하게 되어 남의 업신여김을 받을 테니, 글은 배우되 과거는 보지 말라." 『연려실기술燃藜室記述』에 나온다.

　후한 때 범방范滂(137~169)은 만인의 존경을 한 몸에 받던 인물이었다. 영제靈帝 때 자청해서 형을 받으러 나가면서 아들에게 말했다. "네게 악을 행하라 권하고 싶구나. 하지만 악은 할 수가 없는 법. 그래서 네게 선을 권하려 한다만, 나는 악이나 행하지 않으련다." 씁쓸하다.

송나라 때 송첨宋詹도 유담劉湛을 섬기다가 당인黨人으로 몰려 잡혀가면서 아우에게 말했다. "악을 서로 권하려니 악은 할 수가 없고, 선을 서로 권하다 보니 오늘 이런 꼴을 보는구나." 다 맺힌 것이 있어서 한 말이다.

초나라 소왕昭王의 첩 조희趙姬가 시집가는 딸에게 당부했다. "조심해서 선은 행하지를 말아라. 공연히 남의 질시만 받게 된다." "악하게 행동할까요?" "선도 하지 말랬는데, 하물며 악을 해서야 되겠느냐?" 명나라 때 사조제의 『문해피사』에 나온다. 네 이야기에 모두 난세를 살아가는 슬픈 표정이 담겼다. 이들은 모두 심지가 굳었던 사람들인데도 그랬다.

옳고 그른 판단이야 누구나 한다. 하지만 세상길의 시비는 선악에 따르지 않고 뒤집어지는 경우가 더 많다. 착한 일을 하면 질시를 받고 모함을 받아 해를 입는다. 악한 일을 거리낌 없이 해야 권세를 잡고 지위가 높아진다. 배운 대로 해서는 손해만 본다. 어찌할까? 아예 배우지를 말거나, 선은 고개 돌려 외면하고 악이나 행하지 않고 사는 것이 험한 세상에서 그럭저럭 제 몸을 지키는 방법일지도 모른다.

버스 정류장에서 담배꽁초 버린다고 20대 청년을 훈계한 60대 할머니가 그가 때린 벽돌에 맞아 숨졌다. 자식 사랑에 눈먼 부모들은 이틀이 멀다 하고 학교로 달려가 선생을 폭행한다. 욕을 보지 않고 봉변을 면하려면 엔간한 일에는 못 본 척 눈감고 부아가 끓어도 눌러야 한다. 선의의 훈계가 앙갚음으로 되돌아오는 세상이다. 그렇지만 그런가?

불학지인

못 배운 것은 가르쳐야

———

不學之人

한 대기업 임원의 비행기 난동으로 한동안 시끄러웠다. 눈에 뵈는 것 없이 멋대로 행동한 안하무인의 얘기를 듣다 보니 그런 상사에게 날마다 시달렸을 그의 부하 직원들이나 하청업체 사람들이 문득 불쌍하게 생각되었다. 성대중은 귀해졌다고 교만을 떨고, 힘 좋다고 제멋대로 구는 것은 다 못 배운 사람(不學之人)이라고 말한 적이 있다. 제 힘만 믿고 교만 부리며 함부로 굴다가 급전직하 나락으로 떨어진 뒤에는 후회해도 이미 때가 늦는다.

1606년 일본의 도쿠가와 이에야스德川家康가 사신을 보내 통신通信의 화호和好를 요청했다. 임진왜란은 자신과는 결단코 무관하다는 점을 그는 재차 강조했다. 조선 정부는 첨지僉知 전계신全繼信에게 답서를 쓰게 해 일본이 선왕의 이릉二陵을 파헤친 만행을 따졌다. 이에야스는 범인이라며 왜인 2인을 잡아 사신과 함께 보냈다. 임금은 즉각 둘의 목을 베어 저자에 매달았다. 하지만 그들은 고작 스무 살 남짓의 젊은 자로, 임진년 당시 너무 어려 결코 범인일 수가 없었다. 시늉이나 하겠다는 수작이었다. 이정구李廷龜는 왜인들의 거짓 범인 인계를 믿을 수 없으니 이 일로 종묘에 고해 하례할 수 없다고 따졌다.

이듬해 봄 조선은 여우길呂祐吉 등을 통신사로 보냈다. 이덕형이 전별시에서 이렇게 읊었다.

신하 되어 능침陵寢 치욕 여태 씻지 못했는데
편지가 제 먼저 오랑캐 땅 들어가네.
臣子未湔陵寢辱 看書先入犬羊天

윤안성尹安性도 시를 썼다.

회답사回答使란 이름 달고 어딜 향해 가는가
오늘 와서 교린交隣이라 나는 알지 못하겠네.
한강의 강가에서 시험 삼아 바라보라
이릉의 송백에는 여태 가지 안 난다네.
使名回答向何之 今日交隣我未知
試到漢江江上望 二陵松栢不生枝

그날 그 분노의 치욕이 여태 생생한데, 교린이 무엇이고 회답이 웬 말이냐는 것이었다. 『송천필담松泉筆談』에 나온다.

안 되겠다 싶으면 납작 엎드렸다가 틈만 나면 궤변으로 도발하는 것은 일본인의 못된 버릇이다. 침략이란 개념은 해석하기 나름이니 미안하지만 예전 총리가 미안하다고 했던 말을 거두겠다고 한다. 전범이 아니라 순국선열을 참배하는 것인데 상관 말라고 한다. 어쩔 건데 하며 해볼 테면 해보잔다. 비행기에서 난동 부린 임원이나 망언을 일삼는 일본 총리나 다 못 배운 탓이다. 가르쳐야 한다.

우물에 내려놓고 돌멩이를 던지는 짓

下井投石

홍대용洪大容(1731~1783)이 1766년 연행을 다녀왔다. 그는 연경에서 만난 엄성嚴誠, 육비陸飛, 반정균潘庭筠 등 세 사람의 절강 선비들과 필담으로 심교心交를 나누고, 의형제까지 맺고 돌아왔다. 홍대용은 귀국 후 그들과 나눈 필담과 서찰을 정리해서 책자로 만들어 가까운 사람들에게 돌려 보았다. 이 일은 당시 지식인 사회의 단연 뜨거운 화제였다. 박제가는 안면이 없던 홍대용을 직접 찾아가 실물 보기를 청했고, 이덕무는 그 글을 읽고 감동의 눈물을 흘렸다.

반발과 비방도 만만치 않았다. 김종후金鍾厚(1721~1780)가 먼저 포문을 열었다. 홍대용이 비린내 나는 더러운 원수의 나라에 일없이 따라

간 것만도 못마땅한데, 한족漢族으로 오랑캐의 과거에 응시하여 그들을 섬기려는 천한 자들과 사귀고 돌아온 것을 자랑하는 것은 큰 허물이 아닐 수 없다고 성토했다.

홍대용이 장문의 반박 편지를 쓰면서 이른바 '제일등인第一等人' 논쟁이 불붙었다. 청나라가 들어선 지 이미 백 년이 지났고, 강희제康熙帝 이후 천하는 급속도로 안정되었다. 한족으로 머리를 깎고 청의 과거에 나아가는 것을 어찌 덮어놓고 꾸짖을 수 있는가? 또 그 사람을 보지 않고 과거 응시 여부만 가지고 멋대로 재단해서 비난하는 것이 옳은가?

이어진 김종후의 반박은 더욱 격렬했다. 김종후의 논설은 명분론을 등에 업고 상대를 일거에 함정에 쓸어 넣으려는 독수를 품고 있었다. 기년紀年을 말하다가 강희 운운한 것조차 오랑캐를 천자로 높이려 드는 것이라고 몰아세웠다. 홍대용은 남을 죄안罪案 속으로 몰아넣으려는 터무니없는 모함이라며 단락별로 축조 분석해 통박했다.

논쟁의 핵심에 자리 잡은 말은 '제일등인'이고, 배경에는 소중화주의小中華主義에 입각한 춘추의리론春秋義理論이 깔려 있었다. 이는 대단히 민감하고 예민한 사안이었다. 홍대용은 이를 우물에 사람이 내려놓고 돌을 던지는〔下井投石〕 행위라고 비판했다. 우물을 치러 사람이 들어갔는데 올려주기는커녕 명분을 앞세워 돌을 던진다. 피할 길이 없어 맞지만 비열하다. 이런 것이 제일등인의 처신인가? 쌍방은 끝내 서로 승복하지 않았다.

치모랍언

그럴법하게 꾸며 세상을 속이는 일

|

梔貌蠟言

시장에서 말채찍을 파는 자가 있었다. 50전이면 충분할 물건을 5만 전의 값으로 불렀다. 값을 낮춰 부르면 마구 성을 냈다. 지나가던 부자가 장사꾼의 말에 혹해 5만 전에 선뜻 그 채찍을 샀다. 부자가 친구에게 새로 산 채찍 자랑을 했다. 살펴보니 특별할 것도 없고 성능도 시원찮은 하품이었다.

"이런 것을 어찌 5만 전이나 주고 샀소?"

"이 황금빛과 자르르한 광택을 보시구려. 게다가 장사꾼의 말에 따르면 이 채찍은······."

그가 신이 나서 설명했다.

친구는 하인에게 뜨거운 물을 가져오래서 그 채찍을 담갔다. 그러자 금세 말라비틀어지더니 황금빛도 희게 변해버렸다. 노란 빛깔은 치자 물을 들인 것이었고, 광택은 밀랍을 먹인 것이었다. 부자가 불쾌해하며 자리를 떴다. 그러고도 들인 돈이 아까워 그 채찍을 3년이나 더 지니고 다녔다. 한번은 교외에 나갔다가 반대편에서 오던 수레와 길 다툼이 일어나 말이 서로 엉겼다. 부자는 화가 나서 아끼던 채찍을 들어 상대편 말을 후려쳤다. 그러자 채찍은 그만 대여섯 도막이 나서 땅에 떨어지고, 맞은 말은 꿈쩍도 하지 않았다. 안쪽을 살펴보니 텅 비었고, 결은 썩은 흙과 같았다.

유종원이 말했다.

오늘날 그 외모를 치자로 물들이고 그 말에 번드르르하게 밀랍 칠을 해서[梔貌蠟言] 나라에 자신의 기예를 팔려는 자가 제 분수에 맞게 대접하면 좋았을 것을 한번 잘못해서 분수를 넘게 되면 기뻐한다. 그 분수에 마땅하게 하면 도리어 성을 발칵 내면서 "내가 어찌 공경公卿인들 될 수가 없겠는가?" 한다. 그렇게 해서 공경이 된 자도 실제로 많다. 아무 일 없이 3년이 지나면 괜찮겠는데, 막상 일이 생겨 힘을 쏟아 일처리를 맡기면 속은 텅텅 비고 결은 모두 썩어 문드러져 크게 휘두르는 효과를 보려 해도 어찌 쓸모없이 끊어져 땅에 떨어지고 마는 근심이 있지 않겠는가?

今之梔其貌, 蠟其言, 以求賈技於朝者, 當分則善, 一誤而過其分則喜. 當其分則反怒曰: "余曷不至于公卿?" 然而至焉者亦良多矣. 居無事, 雖過三年不害, 當其有事, 驅之于陳力之列以御乎物, 夫以空空之內, 糞壤之理, 而責其大擊之效, 惡有不折其用而獲墜傷之患者乎?

당나라 때 유종원柳宗元의 「편고鞭賈」에 나오는 이야기다.

황금빛은 치자 물을 들인 것에 불과했고, 반짝반짝 하는 광택은 밀랍 칠을 한 것에 지나지 않았다. 장사꾼의 채찍처럼 제 모습을 치장하고, 제 말을 그럴법하게 꾸며서 교언영색의 감언이설로 세상을 속이는 자가 많다. 장사꾼도 나쁘지만 그 말에 현혹되어 5만 전을 주고 사는 주인이 더 문제다. 세상일은 언제 일어날지 모른다. 채찍을 휘둘러 엉겨 붙었던 말이 놀라 비켜서지 않고, 채찍만 맥없이 동강 난다면 그 민망한 노릇을 어찌한단 말인가?

괄모귀배

거북 등을 긁어서 터럭을 모으는 일

—

刮毛龜背

목은 이색이 「유감有感」이란 시에서 이렇게 읊었다.

　처음엔 기린 뿔에 받혔나 싶더니만
　점차 거북 터럭 긁는 것과 비슷하네.
　初疑觸麟角 漸似刮龜毛

무슨 말인가? 기린 뿔은 희귀해 학업상의 큰 성취를 비유해 쓴다.
위나라 장제蔣濟가 "배우는 사람은 쇠털 같은데, 이루는 사람은 기린
뿔 같네〔學者如牛毛, 成者如麟角〕"라 한 데서 나왔다. 거북 등딱지는 아무

리 긁어봤자 터럭 한 올 못 구한다. 거북 털 운운한 것은 수고만 하고 거둘 보람이 하나도 없다는 뜻이다. 처음 과거에 급제해 벼슬길에 올랐을 땐 자신이 넘쳤고 뭔가 세상을 위해 근사한 일을 해낼 수 있으리라 여겼었다. 하지만 갈수록 거북 등을 긁어 터럭 구하는 일과 다름없게 되어 아무 기대할 것이 없어졌다는 말이다. 소동파가 「동쪽 언덕〔東坡〕」이란 시의 제8수에서 "거북 등 위에서 터럭 긁으니, 언제나 털방석을 이루어볼지〔刮毛龜背上, 何時得成氈〕"라 한 탄식에서 나왔다.

서거정은 「조금 취해 달 보며 짓다〔小醉對月有作〕」란 시에서 이렇게 노래한다.

> 온갖 일 참으로 말 머리 솟은 뿔과 같고
> 길은 막혀 어느새 거북 등 털 긁고 있네.
> 萬事眞成馬頭角 途窮已刮龜背毛

늘마에 살아온 길을 되돌아보니 세상일은 말 머리에 솟은 뿔처럼 있을 수 없는 해괴한 일들뿐이었고, 그간 자신이 애써온 일들이라 해야 거북의 등을 긁어 얻은 터럭으로 담요를 짜겠다고 설친 꼴이었다는 술회다.

용재容齋 이행李荇(1478~1534)도 만년에 거제도로 귀양 가 시를 지었다.

> 십 년 간 거북 등 긁어 모포를 짜렸더니
> 흰머리로 바닷가서 거닐며 읊조리네.
> 十年龜背刮成氈 白首行吟瘴海邊

10년 벼슬길에서 애쓴 보람이 귀양으로 돌아왔다. 나는 거북 등을 긁어 얻은 털로 담요를 짜려 한 사람이었구나.

　안 될 것이 뻔하니 쫓겨난 굴원 꼴 나기 전에 기대를 접고 외면해 돌아설까? '그래도'나 '나마저' 하는 마음 한 자락에 얹어 실낱같은 희망을 걸어볼까? 가뜩이나 스산한 마음이 오락가락 죽 끓듯 한다.

오교삼흔

다섯 가지 사귐의 형태가 가져오는 세 가지 문제

|

五交三釁

갑자기 오랜 우정의 절교가 세간의 화제가 되는 모양이다. 중국 남조南朝 때 유준劉峻(463~522)의 「광절교론廣絶交論」이 생각난다. 세리勢利를 좇아 우정을 사고파는 당시 지식인들의 장사치만도 못한 세태를 풍자한 글이다.

먼저 우정에는 소교素交와 이교利交의 두 종류가 있다. 비바람 눈보라의 역경에도 조금의 흔들림이 없는 것은 현인달사賢人達士의 소교, 즉 변함없는 우정이다. 속임수와 탐욕을 바탕에 깔아 험악하기 짝이 없고 변화무쌍한 것은 제 이익만 추구하는 이교다. 소교가 사라지고 이교가 일어나면서 천하는 어지러워지고 천지의 운행이 조화를 잃게 되었다.

　이교는 장사치의 우정이다. 여기에도 다른 듯 같은 다섯 가지 유형이 있다. 첫 번째가 세교勢交다. 권세 있는 사람에게 바싹 붙어서 못 하는 짓이 없고 안 하는 짓이 없는 사귐이다. 사람이 아니라 그의 권세를 노린다. 두 번째는 회교賄交다. 재물 있는 자에게 찰싹 빌붙어 온갖 감언이설로 그 떡고물을 주워 먹으려는 우정이다. 세 번째가 담교談交다. 권력자의 주변을 맴돌면서 입으로 한몫 보려는 행태다. 그 혀끝에서 무더위와 한파가 극을 달린다. 입으로 못할 일이 무엇이겠는가? 네 번째는 궁교窮交다. 궁할 때 동병상련으로 서로 위해주는 듯하다가 한순간에 등 돌려 제 잇속을 차리는 배은망덕의 사귐이다. 다섯 번째는 양교量交다. 말 그대로 근량斤量을 달아서 재는 우정이다. 무게를 달아 괜찮겠다 싶으면 그 앞에서 설설 기고, 아니다 싶으면 미련 없이 본색을 드러낸다. 저마다 달라 보여도 속심은 한 가지다.

　이 다섯 가지 이교利交에서 다시 삼흔三釁, 즉 세 가지 문제가 발생한다. 첫째는 '패덕진의敗德殄義, 금수상약禽獸相若'이니, 덕과 의리를 무너뜨려 금수禽獸와 같게 되는 것이다. 둘째는 '난고이휴難固易攜, 수송소취讎訟所聚'로 우정을 굳게 하기는커녕 쉬 떨어져, 마침내 원수가 되어 서로 소송질이나 하는 것이다. 셋째는 '명함도철名陷饕餮, 정개소수貞介所羞'다. 탐욕의 수렁에 빠져 뜻있는 사람의 손가락질을 받게 됨이다. 애초에 이교의 사이였다면 무슨 우정과 절교를 말하며 남 탓을 하겠는가? 다만 끝까지 제 이익에 충실할 뿐이다.

잡채판서

채소 반찬을 올려 판서가 된 사람

―

雜菜判書

광해군이 외교 수완은 어땠는지 몰라도, 내치內治는 어지러웠다. 폐모살제廢母殺弟는 일반 백성도 죽음을 면치 못할 반인륜적 행위였다. 권력에 눈먼 측근들이 곁에서 이를 부추겼다.

이충李沖은 겨울철이면 집 안에 온실을 지어 채소를 심었다. 맛난 반찬을 만들어 아침저녁으로 임금께 올렸다. 이 일로 총애를 입어 호조판서에 올랐다. 그가 지나가면 사람들이 "잡채판서 납신다"며 침을 뱉었다. 한효순韓孝純은 산삼을 구해 바쳐 재상이 되었다. 사람들은 그를 '산삼각로山蔘閣老'라고 불렀다. 각로閣老는 정승을 일컫는 말이다. 어떤 이가 시를 지었다.

사람들은 산삼각로 앞다퉈 사모하고
잡채판서 권세는 당할 수가 없다네.
山蔘閣老人爭慕 雜菜判書勢莫當

『국조전모國朝典謨』에 나온다. 역사에 이름을 남기는 법도 여러 가지다. 이이첨李爾瞻은 왕의 총애를 믿고 국정을 마음껏 농단했다. 반대파는 무옥誣獄으로 얽어서라도 반드시 해코지했다. 시관試官을 제 무리로 채워, 미리 표시를 해둔 답안지만 골라서 뽑았다. 이이첨의 둘째 아들 이대엽李大燁은 대필 답안지로 잇달아 장원에 뽑혔다. 그는 '정政' 자와 '공攻' 자를 분간 못할 만큼 무식한 자였다.

왕비 유씨의 오라비 유희분柳希奮은 권세가 하늘을 찔렀다. 일가 다섯이 동시에 급제하기도 했다. 시관의 부채에 '오류五柳'란 글자가 적혀 있었다. 포의布衣 임숙영任叔英이 전시殿試의 대책對策에서 이 같은 권신의 전횡과 외척의 발호를 신랄하게 풍자했다. 광해군이 성을 내며 삭과削科를 명했다. 시인 권필權韠이 격분해서 시를 지었다.

대궐 버들 푸르고 꾀꼬리는 어지러이 나는데
성 가득 벼슬아치 봄볕에 아양 떠네.
조정에선 입 모아 태평세월 하례하나
뉘 시켜 포의 입에서 바른말 하게 했나.
宮柳靑靑鶯亂飛 滿城官盖媚春暉
朝家共賀昇平樂 誰遣危言出布衣

궁류宮柳는 외척 유씨를, 꾀꼬리는 난무하는 황금, 즉 뇌물을 뜻한다. 권필은 임금 앞에 끌려가 죽도록 맞았다. 겨우 목숨을 건져 귀양 가다가 장독杖毒이 솟구쳐 동대문 밖에서 급사했다. 훗날 인조반정의 한 빌미가 되었다.

그들은 나라를 위하고 임금을 받든다는 명분을 앞세워 못하는 짓이 없었다. 잡채판서, 산삼각로란 더러운 이름을 일신의 부귀와 맞바꿨다. 지금에 간신奸臣의 오명만 남았다.

다시수죄

다시를 열어 죄를 따지다

—

茶時數罪

　다시茶時는 예전 사헌부司憲府 감찰監察들이 날마다 한 차례씩 차를 마시며 업무를 조율하던 자리를 일컫는 말이다. 감찰은 공직자의 비리를 단속한다. 남을 단속하려면 무엇보다 처신이 검소해야 했다. 거친 베로 지은 누추한 빛깔의 옷을 입고, 좋지 않은 말에 낡은 안장을 얹어 출입했다. 사람들은 행색만 보고도 그가 감찰인 줄 알았다. 감찰들이 다시라고 적힌 패를 가지고 갈 때는 대관과 만나도 말에서 내리지 않았다. 다산의 『흠흠신서欽欽新書』에 나온다.

　다시 중에서도 특별히 무서운 것이 밤중에 이뤄지는 야다시夜茶時다. 야다시는 사안이 급박할 때 불시에 열렸다. 재상이나 높은 벼슬아치가 간악한 짓을 하거나 비리를 저지르면 한밤중에 감찰들이 그 집 근처에 회동한다. 죄상을 흰 나무판에 낱낱이 써서〔數罪〕 대문에 건다. 가시나무로 문을 막고 서명하여 봉한 뒤에 그곳을 떠난다. 당사자는 그로부터 세상에서 내쳐져서 버림받은 사람으로 취급되었다. 혹 문짝에 검은 칠을 한 후 문을 봉했다 하여 '칠문漆門'이라고도 한다.

　한때 공직자들을 벌벌 떨게 했던 야다시 또는 칠문의 전통은 후기로 오면 유명무실과 동의어로 쓰일 만큼 맥없는 말로 되었다. 감찰들의 복장부터 화려해졌고, 형형하던 정신도 그 틈에 사라졌다. 야다시란 말은 아예 잠깐 사이에 근거 없이 자기들끼리 작당해서 남을 때려잡는다는 뜻으로 변해버렸다. 『성호사설』에 통탄하는 글이 실려 있다.

　공직 윤리의 기강을 맡은 관리들이 하라는 공직자 감찰은 안 하고 민간인을 불법 사찰해서 때려잡으려 들었다. 들통이 나 시끄럽자 컴퓨터를 부숴 대놓고 증거를 인멸하고 돈으로 입을 막았다. 이마저 탄로 나니 아예 잠적해버린다. 청와대 낙하산을 타고 군기 잡혀 내려온 공영방송 사장은 회사 운영상의 파행뿐 아니라 명품 백 구입에 주말까지 고급 호텔을 수시로 드나들며 제 돈 쓰듯 썼다는 구설로 시끄럽다. 견디다 못한 아래 사람들이 자기들끼리 야다시를 열어 '칠문'을 했다. 이쯤 되면 피차간에 민망할 법도 한데 꿈쩍도 않는다. 여전히 믿는 구석이 있는 눈치다. 책임 있는 자리에 있는 사람들이 배울 것은 안 배우고 못된 것만 배운다. 할 일은 안 하고 고약한 짓만 골라 한다. 제 손으로 허문 기강을 어디서 되찾겠는가. 하여 세상은 날로 강퍅해져만 간다.

섶을 지고 불 끄기

負薪求火

　　세조 때 홍윤성洪允成이 포악한 짓을 많이 했다. 『시정기時政記』를 보
니 자기 죄목이 줄줄이 적혀 있었다. 격분해서 말했다. "고급 왜저지倭
楮紙에 찍은 『통감강목通鑑綱目』도 안 읽는데, 우리 역사를 적은 『동국통
감東國通鑑』을 누가 읽겠느냐. 너희들 마음대로 써라." 『월정만필月亭漫
筆』에 실려 있다. 명종 때 이기李芑가 정승이 되어 선비를 죄로 얽어 많
이 죽였다. 어떤 사람이 나무랐다. "사필史筆이 두렵지 않은가?" 이기
가 대답했다. "까짓 『동국통감』을 누가 본단 말인가?" 『지봉유설芝峯類
說』에 나온다. 둘의 대답이 짜 맞춘 듯 같다. 오늘날 『동국통감』은 아무
도 안 읽지만 그들의 패려궂은 행실은 이 말과 함께 지금껏 전해진다.

늘 강한 나라는 없다. 언제나 약한 나라도 없다. 법을 집행하는 사람이 굳세면 나라가 강해지고, 법을 집행하는 사람이 약하면 나라가 약해진다.

國無常强, 無常弱. 奉法者强則國强, 奉法者弱則國弱.

『한비자』「유도有度」편의 말이다. 굳셈의 힘은 어디서 오는가? 원칙에서 나온다. 원칙이 무너지면 굳셈도 없다. 법의 잣대가 고무줄이라 백성들이 법 알기를 우습게 안다. 나라에 도대체 원칙이 없다. 무슨 이런 나라가 있는가? 이전 정부의 계획에 따라 기지를 만들려던 해군은 졸지에 해적 집단이 되었다. 애초에 시끄러우면 납작 엎드렸다가 괜찮겠다 싶으면 표정을 싹 바꾸는 정부의 경박한 태도가 빌미를 제공했다. 일의 옳고 그름을 떠나 당시 국가를 위해 꼭 필요한 일이라며 역설하던 사람이 입장이 바뀌었다고 말을 뒤엎는다. 뭐라 하면 외려 성을 낸다. 속내가 들통 날까 염려해서다. 뒤에 또 어찌 말을 바꿀지 걱정이다.

계속해서 한비자는 말한다.

이제 모든 망한 나라들은 그 신하와 관리가 모두 어지럽게 만드는 데 힘쓰고, 다스리는 데는 힘쓰지 않기 때문이다. 나라가 어지럽고 약한데도 모두들 나라 법을 내던져버리고 바깥 일만 사사로이 한다면, 이는 '섶을 진 채 불을 끄겠다[負薪求火]'는 격이라 어지럽고 약함이 더할 나위가 없다.

今皆亡國者, 其群臣官吏皆務所以亂, 而不務所以治也. 其國亂弱矣, 又皆釋國法而私其外, 則是負薪而救火也, 亂弱甚矣.

관리들은 제 월급과 지위만 안중에 있지 나라의 다급한 불은 관심 밖이다. 그 틈에 저마다 섶을 지고 나와 급한 불 끄겠다고 소란스럽다. 결국은 다 태우고 재만 남는다. 『동국통감』을 안 읽는다고 역사까지 우습게 알면 안 된다. 원칙이 서야 나라의 기강이 선다.

뱀처럼 기며 범처럼 쏘아보다

—

蛇行虎視

청나라 황균재黃鈞宰가 남긴 『술애정述哀情』 31칙은 인생을 살아가며
스쳐간 슬픈 광경을 해학을 섞어 나열한 글이다. 몇 항목을 소개한다.

　　게를 삶는데 솥 안에서 게가 달그락거리는 소리를 낼 때
　　어찌 슬프지 않겠는가!
　　煮蟹聽釜中郭索聲, 豈不哀哉!

안타깝다.

처마 밑에 거미줄이 분명하게 있건만
파리와 모기는 어리석게도 여기로 뛰어들어,
벗어나려 해도 벗어날 수가 없으니
어찌 슬프지 않겠는가!
簷前蛛網, 自在分明, 蠅蚊昧昧投之, 欲脫不得, 豈不哀哉!

민망하다.

뱃속에 든 아기나 강보에 싸인 아이나
백 년도 못되어 같이 흙으로 돌아갈 터이니
어찌 슬프지 않겠는가!
胞胎中物, 襁褓中人, 不及百年, 同歸塵土, 豈不哀哉!

허망하다.

어찌해볼 수 없으면서
아무렇지도 않은 듯이 말할 때
어찌 슬프지 않겠는가!
無可如何時, 作解脫語, 豈不哀哉!

안쓰럽다.
끓는 냄비 속에서 달그락대는 게의 집게발, 거미줄에 걸린 파리와
모기의 체념. 태어나지도 않은 아이가 썩어 흙이 되는 세월, 어찌할 수

없어 도리어 초연해지는 간난艱難. 이런 광경은 슬프기는 해도 감내할
만하다.

　이런 것은 어떤가?

　　권세 높은 이의 집으로 달려가,
　　방에 들어갈 때는 뱀처럼 기어들어가서,
　　문을 나설 때는 범처럼 사납게 쎄려보며 나오니
　　어찌 슬프지 않겠는가!
　　奔走權貴之家, 入室蛇行, 出門虎視, 豈不哀哉!

　들어갈 때는 뱀처럼 땅바닥을 설설 기며 온갖 비굴한 자태를 짓다가
〔蛇行〕, 문을 나설 때는 범처럼 사나운 기세로 제가 그 사람이라도 된
양 으스대고 거들먹거리며 나온다〔虎視〕. 속물들! 선거철만 되면 늘상
보는 광경이다.

　명나라 육소형은 『취고당검소』에서 이렇게 말한다.

　　권세 있는 사람의 문간을 바삐 드나들면
　　저는 영광스럽게 여겨도
　　남들은 몰래 욕을 한다.
　　명리名利의 각축장에서 마음을 졸일 때,
　　조심조심 그 괴로움을 못 견딜 것 같은데도
　　자신은 도리어 즐거운 듯이 한다.
　　奔走于權幸之門, 自視不勝其榮, 人竊以爲辱.

經營于利名之場, 操心不勝其苦, 己反似爲樂.

남에게 욕먹는 것은 큰일이 아니다. 내 큰 뜻을 펴려는데 이만한 수고쯤이야 오히려 즐겁다. 그런데 그 큰 뜻이란 것이 뱀처럼 기어 제 잇속 차리고, 범처럼 으르렁대며 남의 것을 빼앗는 짓 사행호시蛇行虎視의 행태일 뿐이라면 어찌 슬프지 않겠는가? 도처에 권력이 무너지는 굉음뿐이다.

물기태성

지나친 성대함은 재앙의 출발이다

物忌太盛

사치벽이 심한 재상이 있었다. 그가 새집을 지었다. 집이 완성되었지만 기둥이나 대들보, 처마와 서까래에 작은 흠집만 있어도 헐어 새 것으로 교체했다. 그 바람에 멀쩡한 집을 세 번이나 다시 지어야 했다. 벽과 창문은 최고급품으로 한결같이 지극한 묘를 다했다. 관과 수의도 최고급으로 직접 골라 미리 마련해두었다. 바느질까지 꼼꼼히 제 눈으로 살폈다. 모든 준비가 끝나 새집에 입주하기 직전 다른 일로 지방에 내려갔다가 공주의 여관방에서 갑자기 객사했다. 도백道伯으로 있던 친구가 호상護喪이 되어 필요한 물품을 서둘러 준비해 운구해서 돌아왔다.

그는 자신이 공들여 마련한 화려한 집에서 하루도 살아보지 못했다. 격식 갖춘 축문조차 없었다. 시신은 미리 갖추어둔 비단 수의 대신 허름한 베옷으로 서둘러 염습했다. 상례의 절차도 대충대충 진행되었다. 그는 마침내 객지에서 구한 초라한 널에 담겨 돌아왔다. 평소에 좋아하던 것과는 하나같이 정반대로 되고 말았다. 심재沈鋅(1722~1784)의 『송천필담』에 나온다. 이야기 끝에 글쓴이는 이렇게 덧붙였다. "사물은 크게 성대한 것을 꺼리고〔物忌太盛〕, 귀신은 지나치게 아름다운 것을 싫어한다〔神厭至美〕."

송대의 학자 정이程頤가 말했다.

외물로 몸을 받드는 사람은 모든 일을 다 좋게 하려 하나 정작 자신의 몸과 마음만은 도리어 좋게 하려 하지 않는다. 진실로 바깥 사물이 좋을 때 자신의 몸과 마음이 이미 나쁘게 되는 줄은 알지 못한다.

人之外物奉身者, 事事要好, 只有自家一箇身與心, 却不要好. 苟得外面物好時, 却不知道, 自家身與心, 却已先不好了也.

사람들은 제 몸과 마음을 딴 데 놓아두고 외물봉신外物奉身 , 즉 바깥 사물에 온통 눈이 팔려 거기에 우선순위를 둔다. 일단 주체가 허물어지고 보니 외물은 아무짝에도 쓸 데가 없다.

부귀에 취하고 권력에 맛이 들면 옳고 그름의 판단은 어느새 물 건너가고 만다. 뜻을 잃은 몸과 마음은 살아도 산 것이 아닌 허깨비 인생이다. 재물과 위세는 움켜쥔 모래처럼 손가락 사이로 솔솔 빠져나간

다. 살았을 때 고심해 갖춰둔 마련마저 제가 누리지 못하고 고스란히
엉뚱한 사람의 차지가 된다.

찬찬히 일을 살펴 비방을 멀리하라

省事遠謗

　　진미공陳眉公이 엮은 『독서경讀書鏡』의 한 단락이다. 송나라 때 조
변趙抃이 물러나 한가로이 지낼 때 한 선비가 책과 폐백을 들고 찾아
와 가르침을 청했다. 그는 말없이 읽던 책을 끝까지 다 마치고 나서 정
색을 하고 말했다. "조정에 학교가 있고 과거 시험도 있거늘 어찌 거
기서 학업을 마치지 않고 한가로이 물러나 지내는 사람에게 조정의 이
해에 대해 말하라 하는가?" 선비가 황망하게 물러났다.

　　당나라 때 산인山人 범지선范知璿이 승상 송경宋璟을 찾아와 자기가
지은 글을 바쳤다. 글로 그의 마음을 얻어 한 자리 얻어볼 속셈이었다.
송경이 말했다. "당신의 「양재론良宰論」을 보니 아첨의 뜻이 있소. 문

장에 자신이 있거든 내게 따로 보여주지 말고 과거에 응시하시오." 범지선이 진땀을 흘리며 물러났다.

이 두 예화를 소개한 후 그는 옛사람의 말을 다시 인용했다.

관직에 있는 사람은 기색이 다른 사람과는 만나지 않아야 한다. 무당이나 여승은 말할 것도 없다. 마땅히 멀리하고 딱 끊어야 한다. 공예에 뛰어난 사람도 집에 오래 머물게 하면 안 된다. 이들과 허물 없이 가까이 지내다 보면 바깥에서 들은 얘기를 멋대로 바꿔 전해 시비를 농단한다.

當官不接異色人. 不止巫祝尼媼, 禮當疎絶. 至于工藝之人, 亦不可久留于家, 與之親狎. 此輩皆能變易聽聞, 簸弄是非.

큰일을 하려면 멀리해야 할 것을 따져 가늠하고〔審察疎遠〕, 일을 살펴 비방을 멀리하여〔省事遠謗〕 몸가짐을 무겁게 하고 자리와 사람을 잘 가려야 한다.

선초의 왕자 사부 민백형閔伯亨이 분매盆梅를 길렀다. 그가 외직으로 나가게 되자 왕자가 임금께 바치고 싶다며 그에게 기르던 분매를 달라고 했다. 민백형이 바로 거절했다. 왕자가 이유를 묻자 바깥사람들이 왕자께서 바친 것인 줄 모르고 자신이 임금의 총애를 얻으려 아첨하는 것이라 비웃을 테니 드릴 수가 없다고 했다. 그는 일을 살펴 비방을 멀리하는 성사원방省事遠謗의 이치를 잘 알았다고 할 만하다. 『효빈잡기效嚬雜記』에 나온다.

그도 사람의 자식이니라

此亦人子

세상 살기가 갈수록 팍팍해져서 앞이 보이지 않는다. 사람들의 마음도 나날이 강퍅해져서 잠깐을 참지 못해 주먹과 욕설부터 튀어나온다. 드라마 속의 풍경은 늘 풍요롭건만 대체 어떻게 가르치고 무엇을 배워 세상이 이런가?

도연명陶淵明이 자식에게 보낸 짧은 훈계 편지다.

네가 날마다 쓸 비용마저 마련키 어렵다 하니 이번에 이 일손을 보내 나무하고 물 긷는 너의 수고로움을 돕게 하마. 그도 사람의 자식이니라. 잘 대우해야 한다.

汝旦夕之費, 自給爲難. 今遺此力, 助汝薪水之勞. 此亦人子也, 可善遇之.

자식이 행여 아랫사람에게 함부로 대할 것을 염려했다. 선조 때 백광훈白光勳은 아들에게 쓴 편지에서 이렇게 썼다.

들자니 너희가 자못 남을 업신여기는 태도가 있고, 게다가 남의 허물을 즐겨 말한다더구나. 사람이 배우는 것은 이 같은 병통을 없애기 위해서이다. 이제 너희가 만약 이와 같다면 비록 책 만 권을 배워 문장이 양웅揚雄·사마천司馬遷과 비슷해져서 그날로 과거에 급제한다 한들 이런 사람을 어디다 쓰겠느냐. 놀라고 비통하여 죽고만 싶다. 남에게서 한 번이라도 몸가짐을 잃게 되면 평생 다시 남에게 쓰이게 되기 어려운 법이다. 하물며 세상의 도리는 나날이 강퍅해지고 풍속은 날로 각박해져서 삼가 입 다물고 도를 지키더라도 오히려 면치 못할까 걱정인데 하물며 입에서 펴고 말로 드러나는 것이야 말해 무엇 하겠느냐? 이후로도 너희가 능히 이 버릇을 통절하게 없애지 않아 혹시라도 이러쿵저러쿵 하는 자가 있게 되면 맹세컨대 다시는 너희를 보지 않겠다. 천 번 만 번 경계하고 삼갈 것은 단지 이것뿐이다.

但因人聞, 汝等頗有侮人之態, 且喜言人過云. 人之爲學, 只欲去此等病痛. 而今汝若果如此, 則雖學書萬卷, 文似楊馬, 卽日登第, 其人何所用哉. 驚痛欲死也. 一失身於人, 則平生難復見取於人. 況世道日窄, 風俗日薄, 謹默守道, 猶恐不免, 況發諸口而形諸言乎? 此後汝等不能痛除此習, 尙或有云云者, 則誓不復與汝等相見也. 千萬戒謹戒謹. 只此.

자식들이 건방을 떨며 남 말하기 좋아한다는 말을 듣고 못된 버릇에 쐐기를 박으려고 쓴 글이다.

제갈량諸葛亮의「계자서誡子書」에 담긴 뜻도 남다르다.

군자의 행실은 고요함으로 몸을 닦고, 검소로써 덕을 길러야 한다. 담박함이 아니고는 뜻을 밝게 할 수가 없고, 차분히 고요해지지 않으면 먼 데까지 이르지 못한다. 배움은 모름지기 고요해야 하고, 재주는 모름지기 배워야만 한다. 배움이 아니고는 재주를 넓힐 수가 없고, 고요함이 아니면 배움을 이룰 길이 없다. 멋대로 게으르면 정밀하게 궁구할 수가 없고, 사납고 조급하면 성품을 다스릴 길이 없다. 나이는 시간과 함께 내달리고 뜻은 세월과 더불어 지나가버린다. 마침내는 비쩍 말라 영락해서 세상과 만나지 못하는 수가 많다. 궁한 집에서 구슬피 탄식한들 그때 가서 장차 무슨 소용이리.

夫君子之行, 静以修身, 儉以養德. 非澹泊無以明志, 非寧静無以致遠. 夫學須静也, 才須學也. 非學無以廣才, 非静無以成學. 慆慢則不能研精, 險躁則不能理性. 年與時馳, 意與歲去, 遂成枯落, 多不接世, 悲嘆窮廬, 將復何及!

여기서 그 유명한 '담박명지澹泊明志' '영정치원寧靜致遠'의 성어가 나왔다. 들뜨는 마음을 가라앉혀 담박함과 고요함으로 몸을 닦고 덕을 길러 세상의 쓰임에 맞갖은 준비를 갖출 것을 당부했다.

박제가도 만년의 유배지에서 아들을 위해 붓을 들었다.

　장름이는 필묵이 한결같이 조급하고 경솔하여 조금도 성의가 없으니 문리를 가늠해볼 수 있겠고, 인품도 그다지 나아지지 않았음을 알 수 있겠다. 이것이 걱정이로구나. 장암이는 자획은 조금 낫지만 다만 늘 쓰는 보통 글자도 번번이 잘못 쓰니 이끌어 가르쳐주는 이가 없어 그런가 싶다.

　廩也筆墨, 一向忙急艸率, 頓無誠意, 文理可推而知, 人品之不長進亦可知. 此爲可悶. 馣也字畫稍勝, 但尋常行用之字, 每每錯書, 似無提敎而然.

자식이 보내온 편지의 필체에서 자식의 성정과 인품과 학업의 수준을 읽고 다급해진 아버지의 마음이 느껴진다.

　이런 어버이의 간절한 당부를 듣고 자란 자식들은 선대의 명성을 실추하지 않고 바른 삶을 걸어갈 수 있었다. 오늘은 어떤가? 가정에서 아버지의 위상은 더 갈 데 없이 추락했다. 돈이나 벌어오고 그저 잔소리나 안 하면 좋은 존재다. 밖에서는 상사에게 주눅 들고 아랫사람에게 치인다. 집에 오면 아내의 눈치 보고 자식의 원망이나 안 들으면 다행이다. 제 삶이 누추하니 면목이 없어 자식에게 할 말이 있어도 입을 그만 다문다. 직장에서 밀려나 돈까지 못 벌게 되면 이런 천덕꾸러기 애물단지가 따로 없다. 무슨 말을 한들 영이 서겠는가?

　할 말 못 하는 아비, 들을 말 못 듣고 자란 자식들 위에 사회의 구조악까지 얹히고 보니 세상에 풍파 잘 날이 없다. 굽신대던 낮은 처지를 벗어나 조금 지위를 갖게 되면 금세 아랫사람을 업신여기고 함부로 대한다. 제가 그의 처지일 때 생각은 간 데가 없다. 오히려 한술 더 뜬다. 마침내 광망하게 굴다가 나락에 떨어지고 나서도 제 탓 할 생각은 없고 세상 원망만 한다. 가정교육의 부재가 무한 경쟁의 사회구조와 만나 빚어낸 슬픈 풍경이다.

앞에서 끌고 뒤에서 밀던 아름다운 가족 공동체에 갈수록 삭풍만 분다. 빛을 못 본 그늘은 어둠의 기억만 간직한다. 저 도우려고 보내는 하인을 자식이 혹 업신여겨 함부로 대할까봐 '그도 사람의 자식이니 잘 대우함이 마땅하다'는 편지를 들려 보냈던 도연명의 노파심이 자꾸만 생각난다.

거울과 등불

4
—
操心

윤물무성

물건을 적셔도 소리 하나 없다

—

潤物無聲

며칠 봄비에 꽃들이 다투어 피어난다. 두보杜甫의 「봄밤의 기쁜 비〔春夜喜雨〕」를 읽는다.

좋은 비 시절 알아
봄을 맞아 내리누나.
바람 따라 밤에 들어
소리 없이 적시네.
들길 구름 어둡고
강 배 불빛 홀로 밝다.

새벽 젖은 곳을 보니

금관성에 꽃이 가득.

好雨知時節 當春乃發生

随風潛入夜 潤物細無聲

野徑雲俱黑 江船火獨明

曉看紅濕處 花重錦官城

봄비가 시절을 제 먼저 알아 때맞춰 내린다. 바람을 따라 살금살금 밤중에 스며들어 대지 위의 잠든 사물을 적신다〔潤物〕. 하도 가늘어 소리조차 없다〔無聲〕. 세상길은 구름에 가려 캄캄한데, 강물 위 한 척 배에 등불이 외롭다. 모두 잠들어 혼자 깨어 있다.

시인은 늦도록 잠을 이루지 못하다가 세상을 적시는 소리 없는 소리를 들었다. 들창을 열고 캄캄한 천지에 가물대는 불빛 하나를 보았다. 시인의 눈빛이 고깃배의 불빛과 만나 깊은 어둠 속을 응시한다. 어둠의 권세는 여전히 강고해서 밝은 날이 과연 오려나 싶다. 깜빡 잠이 들었던 걸까? 창밖이 환하기에 밖을 내다보았다. 세상에나! 산이고 강가고 할 것 없이 천지에 촉촉이 젖은 붉은빛뿐이다. 밤사이에 그 비를 맞고 금관성 일대의 꽃이란 꽃이 일제히 꽃망울을 터뜨렸던 것이다. 기적이 따로 없다. 간밤 강위에서 가물대던 등불 하나. 그를 안쓰러이 바라보던 나. 봄비는 잠든 사물을 깨우고, 뒤척이던 꽃들을 깨웠다.

정몽주鄭夢周는 「춘흥春興」이란 시에서 두보의 시상을 이렇게 잇는다.

가는 봄비 방울조차 못 짓더니만

밤중에 가느다란 소리를 낸다.
눈 녹아 남쪽 시내 물이 불어서
풀싹들 많이도 돋아났겠네.
春雨細不滴 夜中微有聲
雪盡南溪漲 草芽多小生

  속옷 젖는 줄도 모르게 사분사분 봄비가 내렸다. 밤중에 빈방에 누
웠는데 무슨 소리가 조곤조곤 들린다. 뭐라는 겐가? 그것은 언 땅이
풀리는 소리. 눈 녹은 시내에 처음으로 물 흐르는 소리. 새싹들이 땅을
밀고 올라오는 소리. 기지개를 펴고 그만 나와라. 잔뜩 움츠렸던 팔과
발을 쭉쭉 뻗어보자. 봄이 왔다. 깨어나라. 봄이 왔다. 피어나라.
  그간 우리는 너무 소음에 시달렸다. 추위와 어둠에 주눅 들어 지냈
다. 소리 없이 적시는 봄비의 혜택을 누리고 싶다. 어둠이 떠난 자리,
여기저기서 폭죽 터지듯 터져 나오는 봄꽃의 함성, 새싹들의 기운찬
합창을 들려다오.

제이지오

제2의 나를 찾아서

|

第二之吾

18세기 지식인들의 우정론은 자못 호들갑스럽다. 연암 박지원은 벗을 한 집에 살지 않는 아내요, 피를 나누지 않은 형제라고 했다. 제이오第二吾, 즉 제2의 나라고도 했다.

마테오 리치Matteo Ricci(1552~1610)는 예수회 신부로 1583년에 중국에 와서 1610년 북경에서 세상을 떴다. 놀라운 기억술을 발휘해서 사서삼경을 줄줄 외우고, 심지어 거꾸로 외우기까지 해서 중국인들을 경악시켰다. 그가 명나라 건안왕建安王의 요청에 따라 유럽 신사들의 우도友道, 즉 'Friendship'에 대해 쓴 『교우론交友論』이란 책에 '제2의 나'란 표현이 처음 나온다. 몇 구절을 소개하면 이렇다.

내 벗은 남이 아니라 나의 절반이니 제2의 나다. 그러므로 벗을
나와 같이 여겨야 한다.
吾友非他, 卽我之半, 乃第二我也. 故當視友如己焉.

벗은 가난한 자의 재물이요, 약한 자의 힘이며, 병자의 약이다.
友也爲貧之財, 爲弱之力, 爲病之藥焉.

원수의 음식은 벗의 몽둥이만 못하다.
仇之饋, 不如友之棒也.

일화도 소개했다. 줄거리가 이렇다.

알렉산더대왕이 아직 미약할 적에 나라 창고에 물건이 없었다. 정
복으로 얻은 재물을 모두에게 나눠주었기 때문이다. 적국의 왕이 비
웃으며 말했다. "그대의 창고는 어디 있는가?" 알렉산더가 대답했
다. "내 벗의 마음속에 있소."

이런 글을 보고 중국 지식인들은 큰 감동을 받았다. 이전까지 오륜
중에 붕우유신朋友有信은 다섯 번째 자리에 놓여 있었다. 마테오 리치
의 『교우론』을 읽은 뒤로 우정에 대한 예찬론이 쏟아져 나왔다.
이덕무가 지기知己에 대해 쓴 글은 이렇다.

만약 한 사람의 지기를 얻게 된다면 나는 마땅히 십 년간 뽕나무

를 심고 일 년간 누에를 쳐서 손수 오색실로 물을 들이리라. 열흘에 한 빛깔씩 물들인다면, 오십 일 만에 다섯 가지 빛깔을 이루게 될 것이다. 이를 따뜻한 봄볕에 쬐어 말린 뒤, 아내를 시켜 백 번 단련한 금침을 가지고서 내 친구의 얼굴을 수놓게 하리라. 귀한 비단으로 장식하고 고옥으로 축을 달아 아득히 높은 산과 양양히 흘러가는 강물 사이에 펼쳐놓고 마주보며 말없이 있다가, 날이 뉘엿해지면 품에 안고서 돌아오리라.

若得一知己, 我當十年種桑, 一年飼蠶, 手染五絲, 十日成一色, 五十日成五色. 曬之以陽春之煦, 使弱妻, 持百鍊金針, 繡我知己面, 裝以異錦, 軸以古玉, 高山峨峨, 流水洋洋, 張于其間, 相對無言, 薄暮懷而歸也.

살다가 막막해져서 부모도 아니고 처자도 말고 단 한 사람 날 알아줄 지기가 필요한 날이 꼭 있게 마련이다. 그 한 사람의 벗으로 인해 우리는 세상을 다시 건너 갈 힘을 추스를 수 있다. 나 아닌 나, 제2의 나가 없는 인생은 차고 시린 밤중이다. 지난 2010년은 마테오 리치가 세상을 뜬 지 400주년이 되는 해였다.

P·MATTHEVS RICCIVS MACERATENSIS, QVI PRIMVS E SOCIETAE
IESV EVANGELIVM IN SINAS INVEXIT OBIIT ANNO SALVTIS
1610 ÆTATIS. 60·

마테오 리치의 초상

가기불인

속일 수 있지만 차마 못한다

|

可欺不忍

1573년 오리梧里 이원익李元翼(1547~1634)이 서장관書狀官으로 연경에
갈 때 일이다. 큰 내를 건너며 중인과 역관들이 맨발로 담여를 맸다.
역관들이 중국말로 투덜댔다. "지위가 낮은 이런 녀석까지 우리가 매
야 하다니 죽겠구만." 연경에 도착해서 중국 관원과 문답할 때, 오리
가 역관 없이 유창한 중국어로 대화했다. 역관들이 대경실색했다.

그의 집은 어의동於義洞과 대동臺洞 사이에 있었다. 채벌이 금지된 소
나무를 베던 소년이 산지기에게 붙들렸다. 근처 허름한 집 마당에 늙
은이가 헤진 옷을 입고 앉아 자리를 짜고 있었다.

"여보, 영감! 내일 끌고 갈 테니 이 아이를 잘 붙들어두오. 놓쳤다간

되우 경을 칠 줄 아오."

산지기가 가고 아이가 울었다.

"왜 안 가고 거기 있니?"

"제가 달아나면 할아버지가 혼나잖아요?"

"나는 일없다. 어서 가거라."

이튿날 산지기가 와서 아이를 내놓으라고 야료를 부리다가 의정부 하인에게 혼이 나서 돌아갔다. 당시 그는 영의정이었다.

그는 수십 년을 재상 자리에 있으면서 험난한 국사를 원만하고 합리적으로 처리해 모든 이의 존경을 한 몸에 받았다. 막상 그는 턱이 뾰족하고 콧날이 불그레하며 주근깨가 많은 볼품없는 외모였다. 다산은 그의 화상畵像에다 이런 찬贊을 남겼다.

> 사직의 안위가 공에게 달렸었고
> 백성은 공 때문에 살지고 수척해졌다.
> 외적이 공으로 인해 진퇴를 결정하고
> 기강이 공을 통해 무너지고 정돈되었다.
> 社稷以公爲安危 生靈以公爲肥瘠
> 寇賊以公爲進退 倫綱以公爲頹整

84세 때 인조가 승지를 보내 위문했다. 그 거처에 대해 묻자, "띠집이 낡아 비바람도 못 가릴 지경입니다"라는 대답이었다. "재상 40년에 몇 칸 모옥뿐이란 말인가?" 모든 이가 그 청렴함을 보고 느끼라는 뜻으로 나라에서 직접 집을 지어주었다. 이 집이 경기도 광명시 소하동의 관감당觀感堂이다.

영남 사람들이 이원익과 유성룡을 비교해서 말했다.

이원익은 속일 수 있지만 차마 못 속이고,
유성룡은 속이고 싶어도 속일 수가 없다.
完平可欺而不忍欺, 西厓欲欺而不可欺.

그는 더도 덜도 말고 꼭 그런 사람이었다. 그의 좌우명은 다음과 같다.

뜻과 행동은 나보다 나은 사람과 견주고,
분수와 복은 나보다 못한 사람과 비교한다.
志行上方, 分福下比.

그의 수많은 일화에는 모든 이의 한결같은 존경이 담겨 있다. 오늘
에는 어째서 이런 큰 어른을 찾기가 힘든가.

오리 이원익의 영정, 충현박물관 소장

절차탁마

완성에 이르도록 부단히 연마한다

|

切磋琢磨

"예전 쓴 글을 보면, 어떻게 이렇게 썼나 싶을 만큼 민망할 때가 있어요." 소설가 고故 이청준 선생이 거의 매 문장마다 새카맣게 고쳐놓은 수정본을 보여주며 하시던 말씀이다. 이렇게 고쳐 전집에 실린 것과 처음 발표 당시의 글을 비교해 읽어보면 심할 경우 같은 문장이 거의 하나도 없다. 준엄한 작가 정신의 한 자락을 느꼈다.

이덕무도 예전에 자기가 지은 글을 보면 그토록 가증스러울 수가 없다고 술회한 일이 있다. 그 말을 들은 벗이 "그렇다면 자네의 글이 그만큼 진보했다는 증거일세" 하며 함께 기뻐했다.

단국대학교 연민문고에서 연암 박지원의 초고본이 무더기로 공개됐다. 조선 최고의 문장가가 자신의 글을 어떻게 다듬어나갔는지 그 궤적이 한눈에 들어오는 자료다. 그중 평소 관심을 두었던 누이 묘지명을 찾아 꼼꼼히 읽어보았다. 놀랍게도 최종 문집에 수록된 글과 다른 것이 네 가지나 더 나왔다. 완성작을 내놓기 전에 무려 다섯 번의 수정 과정을 거친 셈인데 그 수정의 단계를 곱씹어보니 대가가 그저 대가가 되는 것이 아님을 단번에 알 수 있었다.

글자 하나의 근량을 달아 비교해보고, 이 글자 저 글자 바꿔 넣어 흔들어보고, 한 단락을 뭉텅이로 빼버리는가 하면, 시시콜콜한 설명을 보태기도 했다. 그런데 빼고 나니 그것이 군더더기였고, 보탠 것은 길게 끌리는 여운이 되었다. 44세로 세상을 뜬 누이의 죽음을 처음엔 향년享年이라 했다가, 나중엔 득년得年으로 고쳤다. '누린 해'라 하기엔 너무 짧아, 겨우 세상에서 '얻어 산' 해라 고친 것이다. 한 글자 한 글자의 머금은 뜻이 깊었다.

다른 작품들을 대조해봐도 연암은 처음 쓴 글을 부단히 단련하고 연마해서 최후의 완성본을 냈다. 걸작은 일기가성一氣呵成으로 단숨에 쓴 글이 아니다. 절차탁마切磋琢磨, 만지고 단련하고 조탁해서 쥐어짤 대로 쥐어짠 글이다. 잡티가 섞여 있던 거친 옥석玉石이 이 과정을 거치면서 미옥美玉으로 변한다.

구한말의 문장가 김택영이 우리나라 5천 년 문장사에서 최고 걸작으로 꼽았던 『삼국사기三國史記』「온달전」은 문장 단련의 한 극치를 보여준다. 시집간다는 말이 다섯 번 나와도, 표현이 그때마다 다 달랐다. '내 아들'이란 말도 '오자吾子', '아식我息', '오식吾息'으로 매번 바꿔 쓰고 있었다. 글 한 줄 바로 쓰기가 이리 어렵다. 내 목소리는 그저 나오는 것이 아니다.

간저한송

세상에 잊혀진 냇가의 찬 소나무

|

澗底寒松

진晉나라 때 좌사左思의 「영사詠史」 제2수다.

　울창한 시냇가 소나무
　빽빽한 산 위의 묘목.
　저들의 한 치 되는 줄기 가지고
　백 척의 소나무 가지를 덮네.
　귀족들은 높은 지위 독차지하고
　인재는 낮은 지위 잠겨 있구나.
　지세가 그렇게 만든 것이라

유래가 하루아침 된 것 아닐세.

鬱鬱澗底松 離離山上苗

以彼徑寸莖 蔭此百尺條

世胄躡高位 英俊沈下僚

地勢使之然 由來非一朝

   그는 '간저송澗底松'과 '산상묘山上苗'를 대비해 능력도 없이 가문의 위세를 업고 고위직을 독차지한 벌족閥族을 산꼭대기의 묘목에, 영특한 재주를 품고도 말단의 지위를 전전하는 인재를 냇가의 소나무에 견주었다. 이후로 간저한송澗底寒松, 즉 냇가의 찬 솔은 덕과 재주가 높은데도 지위는 낮은 사람을 비유하는 의미로 쓴다.

   당나라 때 백거이白居易가 「간저송澗底松」을 표제로 단 작품을 다시 지었다. 앞 쪽 몇 구절은 이렇다.

백 척 되는 소나무 굵기만도 열 아름

냇가 아래 자리 잡아 한미하고 비천하다.

냇가 깊고 산은 험해 사람 자취 끊기어

죽기까지 목수의 마르잼을 못 만났네.

천자의 명당에 대들보가 부족해도

제 있는 것 예서 찾아 서로 알지 못하네.

有松百尺大十圍 坐在澗底寒且卑

澗深山險人路絶 老死不逢工度之

天子明堂欠梁木 此求彼有兩不知

그 취지가 앞서와 같다. 송나라 때 육유陸游는 간송澗松의 이미지를 시 속에서 특히 애용했다. 그에 이르러 간송의 의미는 조금 달라졌다. 「초춘서회初春書懷」에서는 "천년의 냇가엔 외론 솔이 빼어나다〔千年澗底孤松秀〕"고 했고, 「간소소수簡蘇邵叟」에서는 "간송의 의기는 지극히 우뚝하다〔澗松意氣極磊砢〕"란 구절을 남겼다. 「간송澗松」에서는 "간송은 울창하니 어이 괴로이 탄식하랴〔澗松鬱鬱何勞嘆〕"라고 했다.

간송 전형필 선생의 호가 여기서 나왔다. 그이는 우뚝한 의기로 귀중한 우리의 문화유산을 일인日人의 손에서 지켜냈다. 천년 냇가 외론 솔의 기상이 아닌가. 아무도 알아주지 않던 그 길을 걸어 이룩한 빛 저운 자취가 가멸차다. 그 간송미술관에서 이 가을 진경시대 화원전이 열리고 있다.

삼복사온

세 번 반복하고 네 번 익힌다

—

三復四溫

마오쩌둥毛澤東은 평생 손에서 책을 놓지 않았던 독서광이었다. 그가 머무는 곳에는 언제나 책이 있었다. 타지로 시찰을 나갈 때나 회담차 모스크바로 갈 때도 도중에 읽을 도서 목록부터 챙겼다. 그는 임종하기 직전 의사의 응급처치를 받으면서도 송나라 때 홍매洪邁의 『용재수필容齋隨筆』을 읽었다.

그의 독서법은 그 자신이 '삼복사온三復四溫'이라 명명한 방식이었다. 세 번 반복해 읽고 네 번 되풀이해 온축하는 독서 방법을 가리킨다. 이와 함께 마오는 '붓을 들지 않고는 책을 읽지 않는다(不動筆墨不讀書)'는 원칙을 지켰다. 그는 책을 읽고 나면 표지 위에 동그라미 하나를 표시했다. 두 번째 읽으면 동그라미 하나를 더 추가했다. 그는 기본이 되는 고전을 수도 없이 되풀이해 읽고 또 읽었다. 그가 아껴 읽은 책의 표지에는 으레 4,5개씩의 동그라미가 그려져 있었다. 본문 중에도 직선과 곡선의 밑줄, 동그라미와 점, 삼각형이나 의문부호 등 각종 표시들로 어지러웠다.

책의 여백에 메모도 부지런히 했다. 필기구가 그때마다 달랐으므로 여러 차례 읽은 책은 한 책 속에 다양한 색깔의 부호와 메모가 남았다. 특별히 중요한 대목은 별도의 공책에 초록했다. 독서 일기도 썼다. 책 속 내용에 동의할 수 없거나 잘못된 내용은 바로잡아두었다. 그는 『홍루몽紅樓夢』을 특히 아꼈다. 측근에게 다양한 판본을 구해줄 것을 부탁해 10종이 넘는 같은 책을 읽어 치웠다. 『루쉰魯迅 전집』도 판본을 바꿔가며 평생 애독했다. 나중에 시력이 나빠지자 그를 위해 판형을 크게 한 전집을 특별히 간행했을 정도였다. 청대 판본의 『이십사사二十四史』는 모두 850책의 거질인데, 매 책마다 어김없이 권점과 표시들이 남아 있다. 식사를 기다리는 짧은 시간에 독서삼매에 빠져들면 밥 먹는 것도 잊고 읽던 대목을 마치고서야 수저를 들었다. 이런 삼복사온 독서로 온축된 지성이 그의 연설이나 일상적 대화 속에서 불쑥불쑥 튀어나와 상대방을 압도했다. 지도자의 경륜이 반복적 고전 독서에서 모두 나왔다.

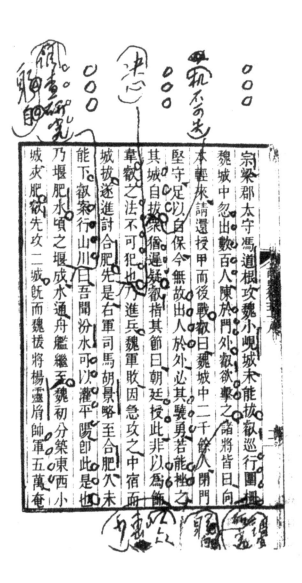

宗梁郡太守馮道根攻魏小峴城未能拔叡巡行圍柵魏城中忽出數百人陳於門外叡欲擊之諸將皆曰向本輕來請還授甲而後戰叡曰魏城中二千餘人閉門堅守足以自保今無故出人於外必其驍勇若能挫之其城自拔衆猶遲疑叡指其節曰朝廷授此非以為飾韋叡之法不可犯也乃進兵魏軍敗因急攻之中宿而城拔叡遂進討合肥先是右軍司馬胡景略至合肥久未能下叡案行山川曰吾聞汾水可以灌平暍卽此是也乃堰肥水頃之堰成水通舟艦繼至魏初分築東西小城夾肥筑先攻二城旣而魏援將楊靈胤帥軍五萬奄

「남사南史」에 쓴 마오쩌둥의 평어와 비주

환이삼롱

마음이 통하면 언어란 부질없다

|

桓伊三弄

진晉나라 때 환이桓伊는 뛰어난 피리 연주자였다. 그가 작곡한 「낙매화곡落梅花曲」이 유명했다. 이백李白은 노래했다.

황학루 위에 올라 옥피리 빗겨 불자
5월이라 강성에서 매화꽃이 떨어지네.
黃鶴樓上吹玉笛 江城五月落梅花

5월이면 꽃이 진작에 다 지고 매실이 주렁주렁 달릴 시절이다. 하지만 황학루에서 누군가 부는 젓대 소리를 듣고 있자니 갑자기 눈앞에서 난분분 날리는 매화 꽃잎의 환영을 보는 것만 같더라는 뜻이다. 허공으로 흩어지는 피리 소리에서 바람에 흩날리는 매화 꽃잎을 연상한 것은 참 대단하다. 이백은 이때 환이의 「낙매화곡」을 떠올린 것이 분명하다.

하루는 왕휘지王徽之가 냇가에 배를 대고 있는데 환이가 수레를 타고 언덕 위를 지나갔다. 왕휘지가 사람을 보내 말했다. "그대가 피리를 잘 분다는 말을 들었소. 나를 위해 한 곡 연주해주겠는가." 환이는 두말없이 수레에서 내렸다. 호상胡床에 자리를 잡고 걸터앉더니 왕휘지를 위해 세 곡을 연주했다. 연주를 마치더니 말없이 다시 수레에 올라 그 자리를 떠났다. 왕휘지는 배에서 내리지도 않은 채로였다. 환이삼롱桓伊三弄, 즉 환이가 피리로 세 곡을 연주했다는 고사가 이렇게 해서 생겨났다.

환이는 당시 지위가 꽤 높았고, 왕휘지는 재야의 인사에 지나지 않았다. 멀쩡히 길 가는 고관을 불러 세워 피리 연주를 청한 것은 자칫 거만하게 비칠 행동이었다. 하지만 왕휘지는 진심으로 그의 연주를 듣고 싶었다. 환이는 또 왕휘지의 예술과 인품을 깊이 흠모하고 있었다. '제까짓 게 감히 나를' 하는 마음이 조금만 있었다면 환이는 연주는커녕 화를 벌컥 내고 떠나갔을 것이다. '네가 지위가 높다지만 내 요청을 거절해?' 왕휘지에게도 이런 오만한 마음이 애초에 없었다. 그 진심이 맞통한 자리에는 최고 수준의 연주자와 감상자가 있었을 뿐이다. 둘은 끝내 서로 한 마디도 나누지 않았다. 굳이 말이 필요 없었기 때문이다.

도연명은 「음주飮酒」 시에서 이렇게 노래했다.

이 가운데 참된 뜻이 있으나
말하려니 어느새 말을 잊었네.
此中有眞意 欲辨已忘言

마음이 통하는 사람 사이에 언어는 별 의미가 없다. 말이 많아지고
다짐이 잦아지는 것은 그만큼 소통이 안 된다는 증거다.

체수유병

추수 끝난 들판에도 떨어진 나락은 많다

滯穗遺秉

    정조는 특이한 임금이었다. 경연經筵에서 신하의 강의를 듣지 않고 자신이 직접 강의를 했다. 『시경』을 강의할 때 전후로 내준 숙제만 8백 문항이 넘었다. 큰 학자라도 대답하기 힘든 질문이 많았다. 신하들은 끊임없는 임금의 숙제 때문에 골머리를 앓았다.

    이 강의에서 단연 이채를 발한 학생은 정약용이었다. 질문이 떨어지기 무섭게 척척 대답해서 제출했다. 정조가 다산의 답안지에 어필御筆로 내린 평가가 이랬다.

    백가의 말을 두루 인증해 출처가 끝이 없다. 평소의 온축이 깊고

넓지 않고는 이렇게 할 수가 없다.

다산의 작업 비결은 생활화된 메모의 습관에서 나왔다. 옛글을 읽다가 한 구절이라도『시경』을 인용하거나 논한 내용이 나오면 무조건 기록해두었다. 별도의 공책에『시경』편차에 따라 정리해두었다. 오래 계속하자 작품마다 이 책 저 책의 언급 내용들이 한자리에 모였다. 임금의 8백 개가 넘는 질문이 대부분 이 범위 안에 있었다.

다른 사람들은 달랐다. 숙제가 나오면 그때부터 관련 자료를 찾기 시작했다. 하나를 겨우 찾고 나서 그다음 것은 또 처음부터 찾아야 했다. 한 사람은 서랍 속에 차곡차곡 넣어놓고 필요할 때 꺼내 썼는데, 다른 사람들은 그때마다 물건을 찾아 동네 가게를 온통 헤매고 다녔다. 속도와 효율 면에서 당할 사람이 없었다.

다산은 이때의 문답을 정리해『시경강의보詩經講義補』를 짓고, 미처 못 쓴 나머지 메모로는『풍아유병風雅遺秉』이란 책을 엮었다. 유병遺秉은 추수 끝난 논바닥에 남은 벼이삭이다. 나락 줍기의 뜻이다.『논어고금주論語古今注』도 이런 메모 작업의 결과였다. 다산은 둘째 형님에게 보낸 편지에서 사람들이 사서四書 분야에는 남은 이삭이 없다고 말하지만 자신이 직접 살펴보니 도처에 체수유병滯穗遺秉이더라고 했다. 체수는 낙수落穗와 같은 의미다. 여기저기 떨군 벼 이삭과 남은 나락이 너무 많아 이루 다 수습할 수가 없을 정도라고 했다.

논문을 쓰는 대학원생들은 남이 안 쓴 주제는 어려워 못 쓰겠고, 쓰고 싶은 것은 이미 다 써 할 말이 없다고 푸념한다. 추수 끝난 빈 들판에 떨어진 나락이 무수한 줄을 몰라 하는 소리다.

십년독서

무목적의 온축 속에 큰 안목이 열린다

|

十年讀書

밤낮 책만 읽는 허생을 보던 아내는 부아가 끓었다. 꽁한 표정으로 한마디 던진다. "그깟 책은 읽어 뭐하우. 밥이 나와, 쌀이 나와." 허생은 책에서 눈도 떼지 않고 건성으로 대답한다. "공부가 아직 부족해." "식구들 쫄쫄 굶기면서 책을 읽고 있으면 배가 부른가 부지? 물건을 만들던가, 장사라도 하든지." "기술도 밑천도 없는 걸 어찌하나." 하는 말마다 염장을 지른다. "밤낮 글 읽더니 못 한다는 말만 배웠소? 차라리 도둑질이라도 배우든지." 견디다 못한 허생이 책을 탁 덮고 자리에서 벌떡 일어난다. "안타깝다. 내 십년독서十年讀書가 이제 겨우 7년인데 나머지를 못 채우는구나."

그는 뭐가 애석했을까? 그 10년이란 연한만은 길게 여운이 남는다. 십년독서는 옛 선비들의 꿈이다. 눈앞에 만 권의 책을 쌓아놓고 틀어박혀 한 10년 책만 읽으면 그것으로 세상 보는 안목이 훤히 열린다고 믿었다.

송나라 때 심유지沈攸之가 만년에 독서에 빠져 손에서 책을 놓은 적이 없었다. 그가 늘 입에 달고 했다는 말이 있다.

> 진작에 궁달窮達에 정한 운명 있음 알아
> 십년독서를 못한 것이 안타깝다.
> 早知窮達有命, 恨不十年讀書.

젊어 십년독서를 했더라면 인생을 안타깝게 허비하지는 않았으리란 말이다. 산전수전 다 겪고 세상풍파 다 건너면서도 늘 길을 몰라 우왕좌왕했었다. 그러다 나이 들어 독서에 몰입하고 나니, 몰라 헤매던 길이 그 속에 다 있더라는 얘기다. 이걸 왜 더 일찍 몰랐을꼬.

십 년의 시간은 물리적으로 정한 시간이기보다 이불리를 따지지 않은 채 조급한 마음을 내려놓고 몰두하는 상징적 시간이다. 이걸 배워 어디 써먹고 저걸 익혀 돈 벌 궁리 하지 않는 오직 독서를 위한 독서의 시간이다. 그 무목적의 온축 속에서 세상을 보는 안목이 터진다.

정범조丁範祖는 신석상申奭相이 독서에 뜻을 세우면서 "내가 책을 읽지 않는다면 무엇으로 그분을 만나보겠는가?"라고 했다는 말을 듣고 써준 편지에서 이렇게 말했다. "그대가 진실로 3년간 독서하면 반드시 천 사람의 위가 될 것이요, 5년간 독서하면 만 사람의 위가 될 것이다.

10년간 독서하면 반드시 더 높은 사람이 없게 되리라. 독서의 이로움이 이와 같다. 그런데도 사람들은 그다지 급하지 않은 명성만 다급하게 여긴다."

작문육오

글 쓸 때 쉬 빠지는 여섯 가지 잘못

|

作文六誤

명나라 장홍양張洪陽이 『담문수어談文粹語』에서 글 쓸 때 빠지기 쉬운 여섯 가지 잘못을 지적했다. 글쓰기뿐 아니라 세상 사는 이치도 다를 게 없어 소개한다.

첫째는 말을 비틀어 어렵고 험벽하게〔艱險〕 써놓고 제 딴에는 새롭고 기이하지〔新奇〕 않느냐고 하는 것이다. 사실은 괴상할〔怪〕 뿐이다. 참신한 시도와 망측한 행동을 잘 구분해야 한다. 기이함은 뜻에서 나오는 것이지 남이 하지 않은 말이나 행동을 하는 데서 생기는 것이 아니다.

둘째는 뜻을 복잡하게 얽어놓고〔鉤深〕 스스로 정밀하고 투철하다〔精透〕고 여기는 경우다. 하도 뒤엉켜서 제법 생각도 깊어 보이고, 공부도 많이 한 것 같다. 하나하나 짚어 보면 겉보기에 그럴듯해 보인 것일 뿐 속임수인(詭) 경우가 더 많다.

셋째는 만연체로 길게 늘어놓고(蔓衍) 창대昌大하다고 착각하는 것이다. 분량으로 독자의 기를 죽이고 보겠다는 심사다. 내용을 알든 모르든 자신의 문장력에 압도되기만 바란다. 글 쓴 저도 모르는데 남이 어찌 알겠는가? 이런 것은 창대한 것이 아니라 바람이 들어 붕 떠 있는 (浮) 글이다.

넷째는 생경하고 껄끄러운(生澁) 표현을 잔뜩 동원해 이만하면 장중하고 웅건(莊健)하지 않느냐고 뽐내는 예다. 읽는 사람의 혀끝에 남는 떫은맛은 고려하는 법이 없다. 이것은 장중도 웅건도 아닌 비쩍 마른 (枯) 것일 뿐이다.

다섯째는 경박하고 방정맞은(輕佻) 얘기를 펼쳐놓고 원만하고 부담 없다(貝逸)고 자부하는 경우다. 제 딴엔 유머라고 했는데, 제 수준만 단박에 들통 난다. 천박한(野) 것에 지나지 않는다.

여섯째는 평범하고 속된(庸俗) 표현을 나열하고는 스스로 평탄하고 정대(平正)하다고 생각하는 경우다. 사실은 진부(腐)하다. 글은 쉽게 써야 하지만 진부한 것과 혼동하면 안 된다.

사람은 비슷한 것을 잘 분간해야 한다. 참신한 것과 괴상한 것, 뒤엉킨 것과 정밀한 것, 잔뜩 늘어놓는 것과 스케일 있는 것, 생경한 것과 웅건한 것, 경박한 것과 둥글둥글한 것, 상스런 것과 정대한 것은 자주 헷갈린다. 이 분간을 잘못하면 해괴한 짓을 하면서 부끄러운 줄 모르고, 천박하게 굴면서 눈높이를 맞춘다고 착각한다. 남들의 손가락질을 칭찬으로 오해한다. 웃기려 한 것이 울게 만든다.

고보자봉

나를 묶는 타성에서 벗어나자

—

故步自封

청말 양계초梁啓超가 「애국론愛國論」에서 말했다.

　부인네들이 십 년간 전족纏足을 하다 보니 묶은 것을 풀어주어도 오히려 다닐 수가 없다. 그래서 예전 걸음으로 스스로를 얽어매고 만다.

옛 걸음으로 스스로를 묶는다는 고보자봉故步自封이란 말이 여기서 나왔다.
어릴 때부터 여자 아이의 발을 꽁꽁 동여매 발의 성장을 막는다. 성장하면서 발등의 뼈가 휘어 기형이 된다. 전족은 근대 중국의 낙후성을 나타내는 한 상징이었다. 뒤에 여성을 압제에서 해방시킨다면서 전족을 풀게 했다. 하지만 그녀들은 이미 정상적인 걸음걸이가 불가능한 상태였다. 발을 꽁꽁 싸맨 천을 풀자 지지해줄 것이 없어 통증만 극심해졌다. 그녀들은 결국 제 손으로 발을 다시 동여 전족의 속박으로 되돌아가고 말았다.

연燕나라 소년은 조趙나라 사나이들의 씩씩한 걸음걸이가 늘 부러웠다. 어깨를 쫙 펴고 앞가슴에 탄력을 넣어 팅기듯 걷는 모습이 참 멋있었다. 따라 하고 싶었다. 소년은 큰 용기를 내서 조나라의 서울 한단邯鄲 땅까지 걸음 유학을 왔다. 거기서는 다들 그렇게 걸었다. 못난 제 걸음이 더 바보 같아 보였다. 참 잘 왔구나 싶었다. 막상 그 멋진 걸음걸이를 배우려 하니 예전 버릇이 자꾸 걸림돌이 되었다. 어깨 짓을 겨우 익히고 나면 발짓이 그대로고, 발짓에 집중하자 어깨 짓이 따로 놀았다. 아무리 해도 안 되고 어떻게 해도 따라 할 수가 없었다. 그는 실망해서 돌아가기로 했다. 그런데 더 큰 문제가 생겼다. 그동안 새로운 걸음걸이를 익히느라 예전 제가 어떻게 걸었는지가 도무지 생각나지 않았다. 그는 결국 울면서 엉금엉금 기어 연나라로 돌아갔다. 이것은 한단학보邯鄲學步의 고사다.

발을 싸맨 천을 풀어주고 "너는 자유다" 하는 선언은 무책임하다. 도로 싸맨 발을 보며 "그러니 늘 그 모양이지" 해서도 안 된다. 휠대로 휜 발등은 전족을 푸는 순간 자유가 아닌 고통만 안겨준다. 그녀들은 그나마 걸음조차 뗄 수 없게 되었다. 조나라 사나이들의 걸음걸이가 멋있어도 잘못 배우면 엉금엉금 기어가게 되는 수가 있다. 그저 있느니만 못하게 된다. 바꾸는 게 능사가 아니다. 바꾼다고 잘된다는 보장도 없다. 변화에도 단계와 전략이 필요하다.

금불급고

지금이 옛날만 못한 까닭

|

今不及古

근세 홍콩의 저명한 서화수장가 진인도陳仁濤(1906~1968)가 쓴 『금궤
논화金匱論畵』를 읽었다. 지금 그림이 옛것만 못한 원인을 그는 이렇게
설명한다.

그림에서 지금이 옛날에 미치지 못하는〔今不及古〕 것은 무엇 때문
인가? 옛사람은 생활이 간소하고 질박해서 먹고살 도리를 구해야
하는 급박함이나 세상에 이름을 남기겠다는 마음이 없었다. 그래서
일생토록 기예를 익혀, 오랜 뒤에는 절로 신묘한 조화를 두루 갖추
게 된다. 지금 사람은 물질의 유혹에 빠져 생활에 아등바등한다. 입

고 먹는 것을 다만 그림에만 의지한다. 조잡한 작품을 마구 그려 대량 생산하거나, 이름난 거장의 그림을 따라 익혀 하나의 풍을 이룬다. 이래서야 어찌 훌륭하기를 바라겠는가! 하물며 이 같은 상업의 시대를 만나고 보니 온갖 것이 다 선전에 기댈 수밖에 없다. 화가 또한 그 방법을 답습해서, 다투어 헛된 명성을 뽐내 겉만 번지르르할 뿐 실다움이 없다. 예술의 타락이 더더욱 심하니, 슬프다.

다음 단락은 또 이렇다.

그림을 그릴 때 붓질은 점과 선에 지나지 않는다. 용묵用墨은 농담濃淡을 벗어남이 없다. 한 폭의 그림이 이뤄지는 것은 오로지 점과 선의 조직이 적절한지와 수묵의 농담이 정도를 얻었는가에 달려 있다. 그 방법을 얻은 자는 신묘하여 아무 걸림이 없고, 이 법칙을 어긴 자는 종이와 비단에 재앙만 안겨다 준다. 털끝만 한 차이가 천 리의 거리를 낳는다.

먹고살자고 하는 일에는 기쁨이 고이지 않는다. 좋아서 하고, 하지 않을 수 없어서 할 때 보상은 저절로 따라온다. 설령 보상이 끝내 없어도 내면에 차오르는 기쁨만으로도 그 길을 기꺼이 갈 수가 있다. 어디 그림만 그렇겠는가? 학문도 그렇고 예술도 그렇고 온갖 일들이 다 그렇다. 비싼 값에 그림 팔아먹을 궁리만 하는 화가, 하라는 공부는 안하고 정치판이나 기웃거리는 교수, 어떻게 해야 남이 나를 알아줄까 하는 생각뿐인 장인匠人, 다 민망한 풍경들이다. 다들 염불은 딴전이고 잿밥에만 마음이 쏠려 있다. 건성으로 하는 염불에 잿밥이 모일 리 있나. 그럴듯한 가짜에게 속아 넘어가는 것은 속안俗眼뿐이다. 속이는 저 자신이 이미 제가 가짜인 줄을 알고 있다. 거기에 또 속으니 안쓰럽고 안타깝다.

도유우불

상하의 마음이 통해 밝고 환한 세상을 꿈꾼다

|

都俞吁咈

인조 때 김두남金斗南 등이 첩에게서 낳은 딸을 부정한 방법을 써서 궁인으로 들였다. 비판하는 상소가 올라와 문제가 되자, 임금이 누가 그따위 말을 하고 다니느냐고 펄펄 뛰며 화를 냈다. 말을 꺼낸 자를 잡아들이라는 전교까지 있었다. 정경세鄭經世(1563~1633)가 글을 올려 아뢰었다.

이런 문제는 전하께서 목소리를 높일 가치조차 없는 일입니다. 궁중의 일은 외인外人이 알 수가 없습니다. 잘못 전해진 것이면 임금께서 온화하게 '그런 일이 없다' 하시면 그뿐이고 그런 일이 있었다 해도 '즉시 바로잡겠다'고 대답하시면 될 일입니다. 이렇게 하시면 성상의 마음에 삿된 뜻이 없어 밝고 깨끗하고, 상하 사이에 마음이 통해 도유우불都兪吁咈하던 요순 적의 기상을 오늘에 다시 볼 수 있었을 것입니다. 근일의 진노하심은 절도에 맞지 않아 천한 자에게 해서도 안 될 일인데 삼사와 대신에게 이리하시니, 임금이 대신과 응대하는 사이에 이런 목소리와 얼굴빛을 하셔서야 되겠습니까? 진노를 거두시고, 분명한 전교로 앞서 하신 말씀에 대한 후회와 사과의 뜻을 흔쾌히 보이신다면 모든 사람의 참담한 기운이 화락한 기상으로 바뀔 것입니다.

윗글에서 요순의 시절에 도유우불했다는 말은 『서경書經』의 「요전堯典」과 「순전舜典」 등에서 요임금과 순임금이 신하들과 정사를 토론할 때, 찬성과 반대의 의견을 거리낌 없이 펼치고 허물없이 받아들였던 일을 두고 하는 말이다. 도都는 찬미의 뜻이고, 유兪는 동의하여 호응하는 표현이다. 우吁는 생각이 다를 때, 불咈은 반대의 뜻을 나타낼 때 쓴다. 같은 찬성과 반대라도 정도의 차이가 있다. 임금의 말이 옳으면 적극적으로 찬동하고, 아니라고 생각되면 솔직하게 반대의 뜻을 밝혔다. 그러면 임금은 순수한 마음으로 그 말에 귀를 기울였다. 후대에 이 말은 밝은 임금과 어진 신하가 뜻이 맞아 정사政事를 토론하는 것을 뜻하는 말이 되었다.

마침내 임금의 비답이 내렸다. "그 뜻을 잘 알았다. 임금을 사랑하는 경의 정성을 가상히 여긴다. 경의 뜻에 따르겠다." 이로부터 임금의 노여움이 풀렸다. 사람들이 경하하며 정경세가 올린 글을 전해 외왔다. 옳은 것을 옳다 하고 그른 것을 그르다 하기가 참 어렵다. 허심탄회하게 받아들이기는 더 어렵다. 아름답지 않은가?

길광편우

희망이란 짐승의 또 다른 이름

|

吉光片羽

한나라 무제武帝 때 서역에서 길광吉光의 털로 짠 갖옷을 바쳤다. 갖옷은 물에 여러 날 담가도 가라앉지 않았고, 불에 넣어도 타지 않는 신통한 물건이었다. 이 옷만 입으면 어떤 깊은 물도 문제없이 건너고, 불속이라도 끄떡없이 견딜 수 있었다. 길광이 대체 뭘까? 궁금해서 찾아보니 길광은 신수神獸 또는 신마神馬의 이름으로 나온다. 『해내십주기海內十洲記』에는 "길광의 갖옷은 황색인데 신마의 종류"라 했다. 진晉나라 갈홍葛洪의 『포박자抱朴子』에도 "길광이란 짐승은 3천 년을 산다"고 썼다.

글에서는 반드시 길광편우吉光片羽로만 쓴다. 편우는 한 조각이다.

길광의 가죽으로 짠 갖옷에서 떨어져나온 한 조각을 말한다. 길광편우는 전체가 다 남아 있지 않고 아주 일부분만 남은 진귀한 물건을 가리킬 때 쓰는 표현이다. 길광이란 짐승은 아무도 실물을 본 사람이 없다. 자투리 한 조각을 손에 들고, 이게 바로 그 갖옷의 일부분이라고 호들갑을 떨어본들, 갖옷의 효능은 상실한 지 오래다. 길광은 늘 한 조각으로만 남아 있다. 막상 실물이 나온다 해도 별 것 아니기 쉽다.

한편 이규경李圭景은 그의 『오주연문장전산고五洲衍文長箋散稿』에서 길광을 아름다운 깃털을 지닌 새의 일종으로 보았다. 이와 비슷한 새에 수상鷫鸘이란 것이 있다. 이 새도 봉황 같은 깃털을 지닌데다 빛깔이 너무도 아름다워 이것으로 갖옷을 만든다고 했다. 또 금계錦鷄는 애계崖鷄라고도 하는데, 제 깃을 너무 사랑한 나머지 온종일 물에 비춰보다가 눈이 어찔해져서 빠져 죽기까지 한다는 새다. 자기도취가 몹시 심하다. 이 또한 글 속에 몇 줄 등장할 뿐 직접 본 사람은 없다.

길광은 신수神獸인가, 신조神鳥인가? 어차피 실체는 없다. 새든 말이든 따질 일이 못 된다. 사람들은 뭔가 굉장할 것 같은 한 조각만 달랑 들고, 있지도 않은 전체상에 대한 환상을 키워나간다. 그것만 있으면 물도 불도 아무 겁날 것이 없을 것 같다. 문제는 길광은 편우片羽일 때만 길광이다. 어딘가 신비한 곳에 숨어 있을 것 같기는 한데, 절대로 모습을 나타내는 법은 없다. 길광은 혹시 희망이란 짐승의 다른 이름이 아닐까?

소객택인

사람을 잘 가려야 욕 당하지 않는다

———

召客擇人

측천무후則天武后 원년(692)의 일이다. 흉년으로 사람들이 굶어 죽자 온 나라에 도살과 어류 포획을 금지시켰다. 우습유右拾遺 장덕張德이 귀한 아들을 얻어 사사로이 양을 잡아 잔치했다. 보궐補闕 두숙杜肅이 고기 전병 하나를 몰래 품고 나와 글을 올려 장덕을 고발했다. 이튿날 태후가 조회할 때 장덕에게 말했다. "아들 얻은 것을 축하하오." 장덕이 절을 올리며 사례했다. "고기는 어디서 났소?" 장덕이 고개를 조아려 사죄했다. 태후가 말했다. "내가 도살을 금했지만 길한 일과 흉한 일의 경우는 예외요. 경은 이제부터 손님을 청할 때 사람을 가려서 하는 것이 좋겠소." 그러면서 두숙이 올린 글을 꺼내서 보여주었다. 두숙은 크게 무참했다. 온 조정이 그 얼굴에 침을 뱉으려 했다. 소객택인揀客擇人, 즉 손님을 부를 때 사람을 가려서 하라는 말이 여기서 나왔다.

　누사덕婁師德은 어진 사람이었다. 40년간 지방관으로 있는 동안 관대하고 근면해서 백성들이 편안했다. 당시 적인걸狄仁杰이 재상에 올랐다. 누사덕이 그를 추천했다. 적인걸은 그 사실을 모른 채 평소 누사덕을 가볍게 보아, 여러 번 그를 변방으로 보낼 것을 청했다. 듣다 못한 태후가 물었다. "누사덕은 현명한가?" "장군으로 변방을 지킬 수는 있겠지만 현명한지는 모르겠습니다." "그는 인재를 잘 알아보는가?" "신이 전부터 그와 동료였지만 그런 말은 못 들었습니다." 태후가 말했다. "짐이 경을 알게 된 것은 누사덕이 추천했기 때문이다. 그렇다면 그는 사람을 알아보는 사람이라 할 수 있다(可謂知人)." 적인걸이 진땀을 흘리며 물러나와 부끄러워하며 말했다. "내가 누사덕의 성대한 덕의 그늘에 있었구나. 나는 그를 넘볼 수가 없겠다."

　나라에 큰일을 앞두면, 저마다 자기가 그 사람이라며 남을 헐어 제 잇속을 차리기 바쁘다. 윗자리에 있는 사람이 중심을 잡지 않고 이리저리 휘둘리면 사람도 잃고 큰일을 그르친다. 난무하는 말의 잔치 속에서 본질을 꿰뚫어 핵심을 잡기가 쉽지 않다. 소객택인! 사람을 잘 가려야 욕을 당하지 않는다. 가위지인! 큰일을 하려면 사람을 알아보는 안목이 중요하다. 말년에 독선에 흐르기 전까지 무측천의 용인술用人術은 이처럼 통 크고 시원스러웠다.

임거사결

전원 속 삶의 네 가지 비결

|

林居四訣

　정조 때 좌의정을 지냈던 유언호兪彦鎬(1730~1796)는 기복이 많은 삶을 살았다. 잘 나가다 40대에 흑산도로 유배 갔고, 복귀해서 도승지와 대사헌을 지낸 후에 또 제주도로 유배 갔다. 벼슬길의 잦은 부침은 진작부터 그로 하여금 전원의 삶을 꿈꾸게 했다.

　한번은 그가 지방에 있다가 임금의 급한 부름을 받았다. 역마를 급히 몰아 서울로 향했다. 장맛비가 주룩주룩 내려 길이 온통 진창이었다. 옷이고 뭐고 엉망이었다. 어느 주막을 지나는데, 한 아낙네가 어린 자식을 무릎에 눕혀놓고 머릿니를 잡아주고 있었다. 아이는 긁어줄 때마다 시원하다고 웃고, 어미는 자식의 이가 줄어드는 것을 기뻐했다.

둘이 천진스레 깔깔대며 즐거워하는 모습에 참다운 정이 가득했다. 그는 진창 속에 비 맞고 말을 달리다가 잠깐 스쳐 본 그 광경에 저도 몰래 망연자실하고 말았다. 나는 지금 어디로 달려가는가? 삶의 천진한 기쁨은 어디에 있는가?

이후로 그는 부산스럽기만 한 벼슬길에 회의를 느껴 어버이 봉양을 핑계대고 사직했다. 한동안 조용히 묻혀 지내며 옛사람의 맑은 이야기를 가려 뽑아 『임거사결林居四訣』이란 책자를 엮었다. 전원에 사는 비결로 그가 꼽은 네 가지는 달達·지止·일逸·적適이다.

달達은 툭 터져 달관하는 마음이다. 견주어 계교하는 마음을 걷어내야 달관의 마음이 열린다. 주막집 아낙의 천진함과 조정 대관의 영화를 비교하는 것이 무슨 의미가 있겠는가? 지止는 있어야 할 곳에 그쳐 멈추는 것이다. 욕심은 늘 끝 간 데를 모르니, 그쳐야 할 데 그칠 줄 아는 지지止止의 자세가 필요하다. 끝장을 보려들면 안 된다. 고요히 비워라. 일逸은 은일隱逸이니 새가 새장을 벗어나 창공을 얼듯 툴툴 털고 숨는 것이다. 달관하여 멈춘 뒤라야 두 손에 움켜쥐었던 것을 내려놓을 수가 있다. 적適은 마음의 소리에 귀를 기울여 편안히 내맡기는 것이다. 물아양망物我兩忘의 경계가 비로소 열려 그제야 깔깔대며 웃을 수가 있다.

도시에 지친 사람들은 늘 전원을 꿈꾼다. 하지만 그마저도 마음의 준비 없이는 견디기가 어렵다. 막상 유언호의 전원생활도 그리 오래가지는 못했다. 그 마음속에 맑은 바람이 부는 한, 도시와 전원의 구획을 나누는 것은 의미 없는 일이 아닐까?

과도한 명성을 경계하라

聲聞過情

소식蘇軾의 시다.

선비가 시골에 있을 때에는
강태공姜太公와 이윤伊尹에다 저를 비기지.
시험 삼아 써보면 엉망이어서
추구芻狗를 다시 쓰기 어려움 같네.
士方在田里 自比渭與莘
出試乃大謬 芻狗難重陳

추구는 짚으로 엮어 만든 개다. 예전 중국에서 제사 때마다 만들어 쓰고는 태우곤 했기 때문에 나온 말이다. 재야에 있을 때는 하도 고결하고 식견이 높은 듯 보여 맡기면 안 될 일이 없을 것 같았다. 막상 써 보니 1회용도 못되는 알량한 그릇이었다는 말이다.

소식이 「증전도인贈錢道人」이란 시에서 또 말했다.

> 서생들 몹시도 책만 믿고서
> 세상일을 억탁으로 가늠한다네.
> 견딜 만한 역량도 못 헤아리고
> 무거운 약속조차 가볍게 하지.
> 그때야 뜻에 마냥 통쾌했어도
> 일 지나면 후회가 남음이 있네.
> 몇 고을의 무쇠를 모두 모아야
> 이 큰 쇠줄 만들런지 모르겠구나.
> 書生苦信書 世事仍臆度
> 不量力所負 輕出千勻諾
> 當時一快意 事過有餘怍
> 不知幾州鐵 鑄此一大錯

입으로 하는 고담준론이야 누구든 다 한다. 세상일은 책에 나오는 대로 되는 법이 없다. 큰소리 뻥뻥 쳐놓고 뒷감당 못해 민망한 꼴은 지금도 날마다 본다.

한유韓愈가 「지명잠知名箴」에서 말했다.

내면이 부족한 사람은 남이 알아주는 것을 조급해한다
넉넉하게 남음이 있으면 그 소문이 사방으로 퍼져나간다.
內不足者, 急於人知. 沛然有餘, 厥聞四馳.

저를 알아달라고 설쳐대는 것은 내실이 없다는 틀림없는 증거다. 내면이 충만한 사람은 가만히 있어도 사람들이 먼저 알아 소문이 퍼진다. 그래서 공자는 "소문이 실정보다 지나침〔聲聞過情〕을 군자가 부끄러워한다"고 말씀하셨다.

이 말을 받아 홍석주洪奭周는 그의 『학강산필鶴岡散筆』에서 이렇게 적었다.

군자가 본래 남이 나를 알아주는 것을 싫어하지는 않는다. 하지만 실지가 없는데도 남이 알아주는 것은 싫어한다. 실제보다 넘치는 이름은 사람을 해침이 창보다 날카롭다. 실지가 없으면서 남들이 알아주느니, 차라리 실지가 있으면서 남이 알아주지 않는 것이 더 낫다. 사람들은 세상에 알려지기를 구하느라 정신이 없다. 알아줌을 얻지 못해 근심하고 미워하며 성내는 자는 반드시 실지가 부족한 사람이다.
君子固未嘗惡人之知我也, 然又惡夫無其實而爲人之所知也. 過實之名, 其害人也, 憯於矛戟, 與其無實而爲人所知也, 毋寧有其實而人不知之爲愈也. 雖然, 人之汲汲焉求知於世, 不見獲, 則戚戚焉惡且慍者, 必其實之不足者也.

열복 청복

복에도 온도 차가 있다

—

熱福淸福

다산 정약용은 사람이 누리는 복을 열복熱福과 청복淸福 둘로 나눴다. 열복은 누구나 원하는 그야말로 화끈한 복이다. 높은 지위에 올라 부귀를 누리며 떵떵거리고 사는 것이 열복이다. 모두가 그 앞에 허리를 굽히고, 눈짓 하나에 다들 알아서 긴다. 청복은 욕심 없이 맑고 소박하게 한 세상을 건너가는 것이다. 가진 것이야 넉넉지 않아도 만족할 줄 아니 부족함이 없다.

조선 중기 송익필宋翼弼은 「족부족足不足」이란 시에서 이렇게 노래했다.

군자는 어찌하여 늘 스스로 만족하고

소인은 어이하여 언제나 부족한가.

부족해도 만족하면 남음이 늘상 있고

족한데도 부족타 하면 언제나 부족하네.

넉넉함을 즐긴다면 부족함이 없겠지만

부족함을 근심하면 언제나 만족할까? (중략)

부족함과 만족함이 모두 내게 달렸으니

외물外物이 어이 족함과 부족함이 되겠는가.

내 나이 일흔에 궁곡窮谷에 누웠자니

남들야 부족타 해도 나는야 족하도다.

아침에 만봉萬峰에서 흰 구름 피어남 보노라면

절로 갔다 절로 오는 높은 운치가 족하고,

저녁에 푸른 바다 밝은 달 토함 보면

가없는 금물결에 안계眼界가 족하도다. (하략)

君子如何長自足 小人如何長不足

不足之足每有餘 足而不足常不足

樂在有餘無不足 憂在不足何時足 (중략)

不足與足皆在己 外物焉爲足不足

吾年七十臥窮谷 人謂不足吾則足

朝看萬峯生白雲 自去自來高致足

暮看滄海吐明月 浩浩金波眼界足 (하략)

매 구절마다 '족足' 자로 운자를 단 장시의 일부분이다. 청복을 누리는 지족知足의 삶을 예찬했다.

　다산은 여러 글에서 되풀이해 말했다. "세상에 열복을 얻은 사람은 아주 많지만 청복을 누리는 사람은 몇 되지 않는다. 하늘이 참으로 청복을 아끼는 것을 알겠다." 그런데도 사람들은 청복은 거들떠보지 않고, 열복만 누리겠다고 아우성을 친다. 남들 위에 군림해서 더 잘 먹고 더 많이 갖고, 그것으로도 모자라 아예 다 가지려고 한다. 열복은 항상 중간에 좌절하거나 끝이 안 좋은 것이 문제다. 요행히 자신이 열복을 누려도 자식 대까지 가는 경우란 흔치가 않다.

　모든 사람이 우러르고, 아름다운 미녀가 추파를 던진다. 마음대로 못할 일이 없고, 뜻대로 안 될 일이 없다. 어느새 마음이 둥둥 떠서 안하무인眼下無人이 된다. 후끈 달아오른 욕망은 제 발등을 찍기 전에는 식을 줄을 모른다. 잠깐 만에 형편이 뒤바뀌어 경멸과 질시와 손가락질만 남는다. 그때 가서도 자신을 겸허히 돌아보기는커녕, 주먹을 부르쥐고 두고 보자고 가만두지 않겠다고 이를 갈기만 하니, 끝내 청복을 누려볼 희망이 없다.

단미서제

제 꼬리를 자르고 배꼽을 물어뜯다

―

斷尾噬臍

주周나라 때 빈맹賓孟이 교외를 지나다 잘 생긴 수탉이 꼬리를 제 입으로 물어뜯는 것을 보았다. "하는 짓이 해괴하구나." 시종이 대답했다. "다 저 살자고 하는 짓입니다. 고운 깃털을 지니고 있으면 잡아서 종묘 제사에 희생으로 쓸 것입니다. 미리 제 꼬리를 헐어 위험을 벗어나려는 것입지요." 빈맹이 탄식했다. 단미웅계斷尾雄鷄, 이른바 위험을 미연에 차단코자 제 잘난 꼬리를 미리 자른 수탉의 이야기다. 『춘추좌전春秋左傳』에 나온다.

고려가 망해갈 무렵 시승詩僧 선탄禪坦이 새벽에 개성 동문 밖을 지나다가 닭 울음소리를 듣고 시를 썼다. 그 끝 연이 이랬다.

천촌만락 모두 다 어둔 꿈에 잠겼는데
꼬리 자른 수탉만이 때를 잃지 않는구나.
千村萬落同昏夢 斷尾雄鷄不失時

파망破亡이 바로 코앞에 닥쳤는데도 사람들은 그저 혼곤한 잠에 빠져있다. 꼬리 자른 수탉만이 홀로 잠을 깨어 어서 일어나 정신을 차리라고, 부디 때를 놓치지 말라고 울고 있다는 이야기다. 앞서의 고사를 활용했다. 이기李墍(1522~1600)의 『간옹우묵艮翁尤墨』에 나온다.

『춘추좌전』에는 서제막급噬臍莫及의 고사도 보인다. 사향노루는 죽을 때 사향 주머니 때문에 죽는다고 여겨 제 배꼽을 물어뜯는다고 한다. 사향은 고급 향료이자 약재여서 사냥꾼은 향주머니가 든 그의 배꼽만 노린다. 하지만 사냥꾼에게 잡히고 나서 배꼽을 물어뜯으려 들 때는 이미 늦었다. 제 입은 또 제 배꼽에 가 닿지도 못한다.

관아재觀我齋 조영석趙榮祏(1686~1761)이 데생 모음집 『사제첩麝臍帖』을 남겼다. 그의 그림 실력을 높이 평가한 임금이 1748년 숙종의 어진御眞을 마련하면서 감동관監董官으로 참여하라는 명을 내렸다. 그는 자신은 선비인데 천한 재주로 임금을 섬길 수 없다며 명을 거부하다 결국 파직당했다. 그림 재주로 인해 욕을 당한 후회의 마음을 화첩 제목에 담았다. 표지에 이렇게 적혀 있다. "남에게 보이지 말라. 어기는 자는 내 자손이 아니다〔勿示人. 犯者非吾子孫〕."

수탉은 꼬리를 끊어 화를 면했고, 사향노루는 배꼽을 물어뜯으려 했지만 소용없었다. 재주 재才 자는 삐침이 안쪽으로 향해 있다. 밖으로 드러내기보다 안으로 감추는 것이 화를 멀리하는 길이다.

풍중낙엽

바람 속의 낙엽

—

風中落葉

    윤원형尹元衡(?~1565)은 명종 때 권신이었다. 중종의 비 문정왕후의 동생이다. 명종 즉위 후 문정왕후의 수렴청정을 틈타 권력을 독점했다. 서울에 큰 집만 10여 채였고, 금은보화가 넘쳐났다. 의복과 수레는 임금의 것과 같았다. 본처를 내쫓고 첩 난정蘭貞을 그 자리에 앉혔다. 20년간 권좌에 있으면서 못하는 짓이 없었다.

    그가 탄핵을 받아 실각하자 백성들이 돌멩이와 기왓장을 던지며 침을 뱉고 욕을 했다. 그는 원한을 품은 자가 쫓아와 해칠까봐 이곳저곳 숨어 다니면서, 분해서 첩을 붙들고 날마다 엉엉 울었다. 난정은 전처 김씨를 독살하기까지 했다. 고발이 있은 후, 금부도사가 왔다는 잘못

된 전언을 듣고 난정은 놀라서 약을 먹고 자살했다. 윤원형도 얼마 안 있어 죽었다. 사람들이 박수를 치며 기뻐했다.

명나라 서학모徐學謨가 말했다.

얼굴은 형세에 따라 바뀐다.
올라갔을 때와 내려갔을 때가 완전히 다르다.
기운은 때에 따라 옮겨간다.
성하고 쇠한 것이 그 즉시 드러난다.
顔隨勢改, 升降頓殊. 氣逐時移, 盛衰立見.

『귀유원주담歸有園塵談』에 나온다. 돈 좀 벌면 금세 으스대다가, 망하면 주눅 들어 힐끔힐끔 눈치를 본다. 잘 나갈 때는 그 기고만장하는 꼴을 봐줄 수가 없더니, 꺾이자 금세 치질이라도 핥을 듯이 비굴해진다.

청나라 노존심盧存心이 『납담蠟談』에서 말했다.

득의로움을 만나면 뒤꿈치를 높여 기운이 드높아진다.
이를 일러 물 위의 부평초라고 한다.
실의함을 만나면 고개를 숙이고 기운을 잃고 만다.
이를 두고 바람 맞은 낙엽이라고 한다.
오직 기특한 사람이라야 능히 반대로 한다.
통달한 사람은 또한 평소와 다름이 없다.
逢得意則趾高氣揚, 謂之水上浮萍.
遇失意卽垂頭喪氣, 謂之風中落葉.

惟畸人乃能相反, 在達者亦只如常.

득의는 뿌리 없는 부평초요, 실의는 바람 앞의 낙엽이다. 딴 데로 불려가고 날려가면 자취를 찾을 수조차 없다. 알량한 득의 앞에 함부로 날뛰고, 작은 실의로 낙담하는 것은 소인배의 짓이다. 기특한 사람은 득의에 두려워하고, 실의에서 기죽지 않는다. 통달한 사람은 상황 변화에 아예 흔들림이 없다.

얼굴은 얼골, 즉 얼의 꼴이라는 말이 있다. 사람이 나이가 들면 제 얼굴에 책임을 지는 게 맞다. 제 살아온 성적표가 낯빛과 눈빛 속에 다 담겨 있다. 감출 수가 없다.

과언무환

말을 줄여야 근심이 없다

—

寡言無患

조급한 사람은 책을 읽거나 남이 말하는 것을 들을 때 끝까지 기다리지 못하고 먼저 질문을 던진다. 어떤 사람이 『맹자』의 「공손추公孫丑」장을 배우고 있었다. "맹자께서 평륙平陸에 가서 그곳의 대부에게 말했다"는 대목이 나오자, 대뜸 스승에게 물었다. "선생님! 평륙 대부는 이름이 전해지지 않나요?" 선생님이 말했다. "좀 더 읽어보거라." 더 읽자 "이것은 거심鉅心이 할 수 있는 바가 아니다"라고 적혀 있었다. 그가 다시 물었다. "이름은 알겠는데, 성은 뭡니까?" "그 밑의 글을 더 읽어보렴." "그 죄를 아는 자는 오직 공거심孔鉅心이다." 그가 그만 머쓱해져서 경솔히 물은 조급함을 후회했다.

하천도정夏川都正이라 불린 종실宗室이 있었다. 성품이 사납고 난폭하다는 풍문이 있었다. 그가 세상을 뜨고 몇 해 뒤에 지체 높은 관리들이 공적인 자리에서 하천도정의 뒷담화를 했다. 그중 어떤 사람이 그의 악함에 대해 비난했다. 좌중에 있던 한 사람이 문득 정색을 하더니 낯빛을 고쳐 말했다. "하천은 돌아가신 내 아버님이요. 당시 종친 중에 못된 자가 있어 마을에서 제멋대로 악행을 일삼으면서 선인의 이름을 빙자한 일이 있었소. 선인께선 실제로 그런 일이 없었소." 좀 전의 사람은 진땀을 흘리며 얼굴이 시뻘겋게 되어 죽을죄를 일컬으며 땅속이라도 파고들어 갈 듯이 했다. 홍길주洪吉周의 『수여난필睡餘瀾筆』에 나오는 일화다.

한번은 손님 중에 쉴 새 없이 떠들어대는 자가 있었다. 홍길주가 천천히 말했다. "내가 지금 몹시 피곤해서 말하기가 어렵다네. 그대가 꼭 말해야겠거든 내가 대답할 필요가 없는 말만 골라서 하는 것이 어떻겠나." 또 말 많은 사람이 있었다. 홍길주가 말했다. "여러 사람과 모여 얘기할 때마다, 누가 무슨 말을 하기만 하면 자네가 모두 대답을 하는군. 그렇지 않으면 자네가 먼저 말을 꺼내곤 하지. 자네 물러나서 말의 많고 적음을 한번 헤아려보게. 자네 혼자 말한 것이 다른 사람이 말한 것을 합친 것보다 같거나 더 많을 걸세. 말 많은 것을 경계하는 것은 잠시 접어두더라도 이렇게 한다면 어찌 정신이 손상되지 않겠는가?"

말이 적으면 근심이 없다(寡言無患). 말을 삼가면 허물이 없다(愼言無尤). 세상 구설이 다 말 때문에 생긴다. 어이 삼가지 않겠는가?

은미한 것만 찾고 괴상한 일을 행하다

ㅣ

索隱行怪

정조가 묻는다.

어이해 세상의 격은 점점 낮아지고, 학술은 밝아지지 않는가? 색
은행괴索隱行怪, 즉 은미한 것을 찾고 괴상한 일을 행하는 자가 있고,
한데 휩쓸려 같이 더러워지는 자도 있다. 천인성명天人性命의 근원에
대해 말은 하늘 꽃처럼 어지러이 쏟아지지만, 행동을 살펴보면 책 속
의 의리와 맞아떨어지는 것이 하나도 없다. 일이 생기기 전에는 존양
存養할 줄 모르고, 숨어 혼자 지낼 때는 성찰할 줄 모른다. 고요할 때
는 어두워져서 단단한 돌처럼 되고, 움직였다 하면 제멋대로 굴어 고

삐 풀린 사나운 말의 기세가 된다. 심지어 아무 거리낌 없는 소인이 되기도 한다. 이제 옛 습관을 통렬히 버려, 마침내 좋은 것을 가려 굳게 붙들고, 덕을 닦아 도가 응축되게 하려면 어찌해야 하는가?

다산이 대답한다.

어찌된 셈인지, 후세의 배우는 자들은 지知만 서두르고 행行은 힘쏟지 않습니다. 자취만 찾을 뿐 마음은 구하려 들지 않습니다. 『중용』의 가장 중요한 핵심인 '성誠' 자의 공부는 계신공구戒愼恐懼, 즉 경계하고 삼가고 두려워하고 위태로이 여기는 것을 벗어나지 않습니다. 마음속에 감춰진 허물과 그윽한 곳에서의 어둡고 사특한 짓은 밝은 임금도 살피지 못하고, 어진 관리도 밝혀낼 수가 없습니다. 형법으로도 징벌하지 못하고, 훼방으로도 공격하지 못합니다. 몰래 자라고 가만히 싹터서 은밀히 퍼지고 야물게 결속되어, 금하거나 막을 사람이 없습니다. 어째서입니까? 사람의 마음이 어리석고 완악해서, 천지에서 이치를 환히 밝힐 능력이 없다고 여겨, 방자하게 아무 거리낌 없이 겉으로 선한 체하면서 속으로 간악하기 때문입니다.

다산의 「중용책中庸策」에 보이는 질문과 대답이다. 발췌해서 읽었다. 다산은 이어 삼가고 두려워하는 마음을 품어 안일하고 방자함이 없고, 어리석고 조급함을 버려, 인욕의 사私를 막고 천리의 공公을 보존하는 방법과 단계에 대해 더 길게 설명했다.

'색은행괴索隱行怪'는 『중용』의 말이다. 다른 목적을 위해 구석진 것을 찾고 괴상한 짓을 행하는 것을 말한다. 사람들은 멋모르고 그들을 칭찬한다. 하지만 공자는 "나는 이런 짓을 하지 않는다"고 단호하게 못 박았다. 당시 임금과 신하 사이에 오간 문답을 눈앞의 일에 겹쳐본다. 나는 인간이 발전한다는 말을 믿지 않는다.

승영시식

쉬파리처럼 분주하고 돼지처럼 씩씩대다

|

蠅營豕息

귀양 살던 다산에게 이웃에 사는 황군黃君이 찾아왔다. 그는 술꾼이었다. 술 냄새를 풍기며 그가 말했다. "선생님! 저는 취해 살다 꿈속에 죽을랍니다(醉生夢死). 욕심부려 뭣 합니까? 그리 살다 가는 게지요. 집이름을 아예 취몽재醉夢齋로 지을까 합니다. 글 하나 써주십시오."

다산의 성정에 마땅할 리 없었겠지만 꾹 참고 말했다. "자네, 제 입으로 술 취했다고 하는 걸 보니 아직 취하지 않은 것일세. 진짜 취한 사람은 절대로 제가 취했단 말을 안 하는 법이지. 꿈꾸는 사람이 꿈인 줄 아는 것은 꿈 깬 뒤의 일이라네. 제가 취한 줄을 알면 오히려 술에서 깨어날 기미가 있는 것이지. 세상 사람들을 보게. 파리처럼 분주하고〔蠅營〕 돼지처럼 씩씩대질 않는가〔豕息〕? 단물만 보면 달라붙고, 먹을 것만 보면 주둥이부터 들이민다네. 그래도 자네는 아직 제정신일세그려."

청나라 왕간王侃(1795~?)이 말했다.

청정하던 땅에 갑자기 똥을 버리면 파리 떼가 몰려들어 내쫓아도 다시 달라붙지만, 하루만 지나면 적막히 어디로 갔는지 알 수가 없다. 세상 사람들이 권세와 이익을 따르는 것도 이와 같다.

清淨地忽有遺矢, 蠅蚋營營, 驅之復集. 一旦旣盡, 寂不知其何往矣. 世人之于勢利如此.

『강주필담江州筆談』에 나온다. 권세와 이욕을 향한 집착은 똥덩이를 향해 달라붙는 파리 떼와 같다. 먹이를 향해 꿀꿀대며 달려드는 돼지야 천성이 그런 것을 어찌 나무라겠는가?

다산은 「간리론奸吏論」에서 간사함이 일어나는 까닭을 여럿 꼽았다. 몇 가지 들어보면 이렇다. 직책이 낮으면서 재주가 넘치면 간사해진다. 적은 노력을 들이고도 효과가 신속하면 간사해진다. 윗사람이 바르지 않으면 간사해진다. 밑에 둔 패거리가 많은데 윗사람이 혼자 어두우면 간사해진다. 나를 미워하는 자가 나보다 약해 두려워 고발하지 못하면 간사해진다. 형벌에 원칙이 없고 염치가 서지 않으면 간사해진다. 어떤 이는 간사해서 망하고, 어떤 이는 간사한데도 망하지 않으며, 어떤 이는 간사하지 않은데도 간사하다 하여 망하게 되면 간사해진다.

대체로 간사한 자일수록 혼자 깨끗한 척한다. 남까지 깨끗하라고 닭

달한다. 실상이 드러났을 때는 이미 단물이 모두 빠지고 난 다음이다.
차라리 취생몽사로 건너가는 삶이 깨끗하지 않겠는가?

조심
288

일언방담

한 마디 말의 향기

|

一言芳談

일본 고전 명수필집 『도연초徒然草』를 읽는데, 고승의 명언을 모은 『일언방담一言芳談』이란 책에서 옮겨 적은 몇 구절이 나온다.

할까 말까 망설이는 일은 대개의 경우 하지 않는 편이 좋다.

우리는 매일 할까 말까 싶은 일을 이번만, 한 번만 하며 해놓고 돌아서서 후회한다.

내세의 안락을 원하는 자는 훌륭한 물건을 지니지 않는 편이 낫다.

실상은 하나라도 더 갖고 다 가지려고 아등바등한다.

속세를 떠난 수도자는 지닌 것 없이도 괜찮다는 마음가짐으로 해 나가는 것이 최상의 방법이다.

행여 무시 당할까봐 남의 것까지 욕심 사납게 그러쥔다.

신분이 높은 사람은 신분이 낮은 사람이 된 기분으로, 유능한 사 람은 무능한 사람이 된 기분으로 살아가면 된다.

늘 정반대로 하려 드니 문제다.
같은 책에는 꼴불견의 모습을 적어둔 대목도 있다.

공공연하게 남녀 관계 이야기를 입에 담거나. 남의 신상을 농담 삼아 얘기하는 일. 늙은이가 젊은이 틈에 끼어 남을 웃기려고 지껄 이는 꼴. 시시한 신분이면서 점잖은 분들을 친구처럼 허물없이 함부 로 대하는 모양. 가난한 집에서 술잔치를 좋아하는 것.

대목마다 주변에서 일상으로 대하는 낯익은 풍경들이다. 대체로 인 간이란 변하는 존재가 아니다.
매우 천하게 보이는 일로 꼽은 목록은 이렇다.

앉아 있는 주변에 여러 도구가 즐비하게 놓인 것,

벼루 갑 안에 붓이 많이 들어 있는 것,

남과 만났을 때 수다스러운 것,

불공드릴 때 좋은 공덕을 너무 많이 적어 읽는 일.

공연히 뜨끔해져서 서둘러 책상 정리를 한다. 말도 반으로 줄여야지. 일본의 대표적 고대 수필 『마쿠라노소시枕草子』에는 낯간지럽고 민망한 순간들을 이렇게 꼽았다.

손님과 얘기하는데 안쪽에서 은밀한 소리가 들려올 때, 사랑하는 남자가 술에 취해 한 얘기를 또 하고 자꾸 할 때, 본인이 듣고 있는 줄도 모르고 그 사람 얘기를 했을 때, 예쁘지도 않은 어린애를 부모가 귀여워 어쩔 줄 모르며 다른 사람에게 어린애 목소리를 흉내 낼 때, 학문이 높은 사람 앞에서 공부가 전혀 없는 사람이 아는 체하며 옛 위인의 이름을 들먹거릴 때.

예나 지금이나 부족한 것이 문제되는 법은 없다. 넘치는 것이 늘 문제다. 우리는 말이 너무 많다. 지나치게 욕심 사납다.

소년청우

인생의 빛깔이 나이 따라 변한다

|

少年聽雨

세모歲暮라 스쳐가는 생각이 참 많다. 중국 시 두 수를 읽어본다. 먼저 남송의 시인 신기질辛棄疾(1140~1207)의 「채상자采桑子」란 작품.

젊어선 근심 재미 알지도 못한 채
새로 시를 지어서 굳이 근심 얘기했지.
층층 누각 즐겨 오르며
층층 누각 즐겨 오르며.
지금 와선 근심 재미 다했음을 알아서
말하려다 그만두고

말하려다 그만두고,

"좋은 가을, 날씨도 시원쿠나!" 말하네.

少年不識愁滋味 爲賦新詞强說愁

愛上層樓 愛上層樓 而今識盡愁滋味

欲說還休 欲說還休 却道天凉好箇秋

　세상 근심 혼자 짊어진 듯 인상 쓰는 것을 멋으로 알던 젊은 시절이 있었다. 화려한 층층누각 위에서 장안의 미희를 옆에 끼고 세상을 다 가진 듯 호기도 부려보았다. 나이 드니 근심의 자미滋味는 덧정도 없다. 삶의 찌든 근심을 말하려 해도 어디서부터 시작해야 할지 가늠이 안 된다. 그래서 딴청 삼아 고작 한다는 말이 이렇다. "거 날씨 한번 참 좋다!"

　송나라 때 장첩蔣捷의 「우미인虞美人」.

　젊어선 가루歌樓에서 빗소리를 들었지

　붉은 등불 비단 휘장 어스름했네.

　장년엔 나그네 배 위에서 빗소리를 들었네.

　강은 넓고 구름 낮은데

　갈바람에 기러기는 우짖어대고.

　지금은 절집에서 빗소리를 듣노니

　터럭은 어느새 성성해졌네.

　슬픔 기쁨과 만나고 헤어짐에 아무런 느낌 없고

　그저 섬돌 앞 물시계 소리 새벽 되길 기다릴 뿐.

少年聽雨歌樓上 紅燭昏羅帳
壯年聽雨客舟中 江闊雲低 斷雁叫西風
而今聽雨僧廬下 鬢已星星也
悲歡離合總無情 一任階前 點滴到天明

소년 시절 희미한 등불이 비단 휘장을 비출 때 술집에서 듣던 빗소리는 낭만의 소리다. 장년에 이리저리 떠돌며 나그네 배 위에서 듣던 빗소리에는 뼈저린 신산辛酸이 서렸다. 노년에 절집에 몸을 의탁해 지낸다. 서리 앉은 터럭 따라 슬픔과 기쁨의 일렁임은 없다. 헤어짐이 안타깝지도, 만남이 설레지도 않는다. 깊은 밤 정신은 점점 또랑또랑해져서 새벽 오기만 기다린다. 소년의 환락과 장년의 우수, 노년의 무심이 빗소리 따라 변해간다.

인생의 빛깔도 나이 따라 변한다. 안타깝고 발만 동동 구르던 시절도 지나보면 왜 그랬나 싶다. 사납던 욕심이 세월 앞에 자꾸 머쓱하다. 지난 일과 묵은해는 기억 속에 묻어두자. 마음 자주 들레지 말고, 터오는 새해의 희망만을 말하자.